河出文庫

マイ・ディア

親愛なる物語

氷室冴子

河出書房新社

contents

まえがきにかえて ＊ 7

いとしのマシュウ
『赤毛のアン』 ＊ 19

オルコットかモンゴメリか
『八人のいとこ』『花ざかりのローズ』 ＊ 37

ハウス食品におねがい
『リンバロストの乙女』 ＊ 59

ストーリーテリングということ
『若草の祈り』 ＊ 81

軽やかなワルツみたいに
『少女パレアナ』＊97
ミスターの魅力
『少女レベッカ』『レベッカの青春』＊117
心ふるえて……
『十七歳の夏』＊139
ひとやすみにお茶を……
『秘密の花園』『あしながおじさん』
『丘の家のジェーン』『昔気質の一少女』＊157
〈付録〉友人Aへの手紙＊195
あとがき＊219
解説　斎藤美奈子＊231

マイ・ディア

親愛なる
物語

まえがきにかえて

私は仕事がら、今でも本はけっこう読むほうだけれど、なぜか、むかし読んだ本のほうが、はっきり印象に残っています。

こどものころ、クリスマスのたびに、本を一冊、買ってもらうことになっていました。

クリスマスに一冊とは、ずいぶん少ないじゃないか、ほかの364日は本を読まなかったのか――といわれると、困るのですが。

つまり、

「これは、サエコの本だよ」

といって買ってくれたってことです。ここが、大事なのです。

私には六つ年上の読書ずきな姉がいて、姉の本棚をさがせば、たいていの本はそろっていました。

しかし、六つ年上といえば、私が小学一年生のとき、おねえちゃんはすでに小学六年生。

小学六年生の本棚には、『坊ちゃん』だの『路傍の石』だのラムの『シェークスピア物語』だのがズラーッと並んでいる。

これを小学一年生に読めといっても、ムリな話というもの。

さすがの母も、これじゃマズイと思ったらしくて、サエコ専用の本を買おう、と思ったらしいのです。

しかし、どこまでいっても教育ママと優等生のおねえちゃんは、本を選ぶときにも、すさまじい権力をふるうのでした。

雪がふりしきる夕方、クリスマス用のケーキや赤玉ポートワインを買ったかえり、本屋さんにゆく。

私としては、すっかり気持ちが固まっていて、

(学芸会でやった『オオカミと七匹のひつじ』を、ぜったい、ぜーったい、かってもらうんだもん)

とウキウキ期待している。

なのに、母と姉が一致してスイセンしたのは、なんと。

『野口英世』

の伝記なのだった！

なにが悲しくて、いたいけな小学一年生が、しんきくさい医学博士の伝記なんか読まなきゃならないのだ。

私は激しく抵抗して、ウソ涙まで流しながら、

「『オオカミと七匹のひつじ』がいいよォ。これは、オオカミにくわれたひつじが、みんなチエだして、助かるんだよ。えらいんだよ」

と大人ウケしそうなテーマを力説したのだけど。

おねえちゃんはひとこと、

「スジ知ってるんなら、もう読むことないじゃない。エライ人の伝記よむと、勉強になるのよ。伝記を読まなきゃ」

というのです。

おねえちゃんは絶対にエライと確信している妹は、しょんぼりするばかり。

さらに、おいうちをかけたのが、狼のようにズルがしこい母で、

「そうそう、このあと、松屋の地下で、アイスモナカ食べようと思ってたんだ。『野口英世』の本を買うんだったら、アイスモナカを食べようっと。ひつじの本買うんだったら、モナカはナシにしようっと」

聞こえるようなヒトリゴトを、いうのであった！

大人ってズルいよなあ。

しかし、食いイジのはった私もなさけない、ついついアイスモナカにつられて、

「なら、『野口英世』でいいよ」

と手を打つところが、なんともかんとも……。

こうして買ってもらった本を、私はしぶしぶながら、何回も何回も何回も、たぶん百回くらいは読みました。なんたって、〈あたしだけの本〉ですから。

おかげで、その本はとうに失ってしまったのに、最初の数行は、二十数年たった今でも暗唱できるほどです。

「あぶない。あぶない。赤ちゃんが、いろりに近づいてゆく。お母さんは野良仕事にいっていて、家のなかには赤ちゃんだけ。

チロチロもえるマキの火をつかもうと、赤ちゃんがはってゆく――」

というもの。

野口英世は、幼いころ清作といって、清作ぼうやは赤ちゃんのころ、いろりの中におちて、手にすごい火傷を負うのですけれど、そのときの描写です。なかなか迫真的。

そして、最後の一行は、

「母の愛は、猪苗代湖のみずうみよりも深く、磐梯山の山よりも高いのだった」

というものでした。

この最後の一行にたどりつくと、私はついつい声にだして朗読してしまい、あげくに自分の朗読に感動して、ドーッと涙を流していました。

野口博士の偉大さに泣くというより、リズミカルな文章のもりあがりに、感動してたらしいです。そのうち、朗読をはじめる前から、パブロフの犬みたいに泣いてました。

母とおねえちゃんの教育の成果は、それなりにあったわけです。

❤

小学二年生のときのプレゼントは、伝記路線をつっぱしって『ヘレン・ケラー』。これは、挿絵（さしえ）がきれいで、やっぱり何度も読みました。

おかげで今でも、ヘレン・ケラーはアラバマ州のお金持ちの娘だったとか、電話を発明したアレキサンダー・グラハム・ベル博士とか、ヘンなことを知っているけれど……現実には、なんの役にもたってないです。

小学三年生のときのプレゼントは、なぜかファンタジー路線に変わり、『鏡の国のアリス』。挿絵のアリスがバケモノみたいで、コワかった。

小学四年生のときのは、唐突に、『家なき子』。これは活字がいっきに小さくなっていて、挿絵も少ない本で、苦労しました。クラい話だったなあ。

小学五年生のときのは……覚えてない。

小学六年生のときには、『赤毛のアン』。

さて。

この『赤毛のアン』が問題です。

この本を買ってもらったころには、クリスマスの本のプレゼントも、あまり嬉しいものではなくなっていました。

母が買ってくれる本よりも、おねえちゃんの本棚を探したほうが、おとなっぽい本や、読んでおもしろい本がたくさんあったのです。

読書ずきなコが、他の読書ずきなコにライバル意識もやして、どんどん難しい本を読んでゆくように。

私もやっぱり、どんどん世界名作全集や日本名作全集を読むようになっていました。モームだの、フォークナーだの、トルストイだの、ドフトエフスキーだのと、作家の名前を知ってるだけで、

（あたしって、かしこぉい！）

と思う年頃だから、『赤毛のアン』なんかガキくさくて、およびじゃなかった。

だから、『赤毛のアン』は読まずに、ほうっておきました。

中学になってからの愛読書は、推理小説をべつにすれば、『ジェイン・エア』や『レ・ミゼラブル』や『モンテ・クリスト伯』なんかでした。

ぜんぶダイジェスト版（短縮版）だったけれど、最高におもしろかった。

とくに『ジェイン・エア』は大好きで、何度読んでも、ジェインが毅然（きぜん）として、ロチェスターに別れを告げて、出ていくところに、

（ジーン）

となっていました。

そのころ、ひとつ部屋で一緒だった大学生のおねえちゃんに、

「ジェインはチビだしさ。あんまし美人じゃないけど、でも、あたしに似てない？意地っぱりなとことか、気のつよいとことかさ。あたし、ジェイン、好きだなあ。好きなのに、ロチェスターと別れるとこも好き。りっぱだよね」

と感想をしゃべり、当時はすでに英文科の学生だったおねえちゃんは、

「あたしは、エミリ・ブロンテの『嵐が丘』のほうが好きだな。すごくドラマチックでしょう」

などと、ちゃんと、話し相手をしてくれました。

それにまた、

「サエちゃんの読んでるのはダイジェストだから、どうせ読むんなら、全訳を読むと

いいよ」

なんていって、全訳の本を買ってきてくれたりもしました。

全訳ものは、スジとは関係のない、ごちゃごちゃした描写もおおくって、内心うんざりしたもんだけど、おねえちゃんは、

「イギリスの雰囲気が出てるでしょ。木とか、城館とか。そういうの読んで、いろいろ想像してごらんよ。今度、NHKの教育テレビで、ローレンス・オリビエの『嵐が丘』があるから、いっしょに見よう。雰囲気わかるよ。そのとき、イギリスの写真集、図書館から借りてきてあげるからね」

なんてアドバイスしてくれたりもしました。

こうして書いてて、われながら、感動してしまう。

涙がでるほど、教育的な、いいおねえちゃんだなあ。

だが、しかし。

こういうデキた姉がいると、妹はバカにされまいと意地をはってしまうものです。

クラスメートがおもしろいといってるような本は、読みたくない。

大学生のおねえちゃんと感想をいいあえる本を読むほうが、おとなっぽい。

というわけで、初恋にモンモンしていた十三、四歳のガキなのに、サガンの本なんか読みふけって、

「恋って、結局、エゴイスティックなものよね、おねえちゃん？」

かなんか、アンニュイに呟いてたのでした。今から思うと、ほとんどコメディだね、こりゃ。

そんな私が、『赤毛のアン』シリーズを読むようになったのは、中学も卒業まぢか、というより高校生になってからでした。

たまたま、アン・シリーズを全部もってるクラスメートがいて、貸してくれたのがきっかけでした。

でも、私はついぞ、アン・シリーズについて、おねえちゃんに話しかけたり、感想をいったりすることはありませんでした。

『赤毛のアン』なんか話題にしたら、バカにされるんじゃないかと不安だったのです。本を読むのが、ほんとうに好きだったくせに、いつのまにか、読んだ本の冊数や、厚さや、難しさなんかを誇る気持ちも、持ちはじめていたのでした。

だから、私は今でも、有名人の「愛読書アンケート」なんかで、みなさんがすごい名作や、反対に、誰もしらない超マイナーな本なんかを出してくるのを見ると、ふと不安になるのです。

（このヒト、ほんとにこの本が、眠れなくなるほど好きなのかしら。スジはとっくに知ってるのに、好きなページをてきとうに開いて、そこだけ読んで満足したり、いい気持ちになったり……そういう本なんだろうか。あんがい、他人の目を気にして、バカにされないために、こういう名作や、マイナーな本を出してくるんじゃないだろか)

なんてね。

そんなヒネくれた想像をするのも、私が子供のころ、優等生のおねえちゃんにバカにされまいと思って、読んだらホメてもらえそうな本ばかり読んでたせいです。やれやれ。

『赤毛のアン』にしても、いまどき、読んだからといって、だれにもホメてもらえそうにもないしね。

むしろ、

(へー、少女趣味だね。なんなの、その時代おくれは)

とバカにされそうな感じがする。

でも、少女趣味だろうが少年趣味だろうが、やっぱりアンの物語はたのしいし、『リンバロストの乙女』のエルノラは素敵だし、『秘密の花園』のメアリが、どんどん健康になってゆくのが嬉しいし、『あしながおじさん』よりも、『続あしながおじさん』のほうがいいと思うし……——

ようするに、好きなのです。

最近、『赤毛のアン』の映画が公開されて、そんなにハデな映画じゃないのに、たくさんの観客がみた、なんて聞いて、

（やっぱり、好きな人はたくさんいるんだ。よかったァ）

自分の本が読まれるよりも、嬉しくなっちゃいました。

いまどきの女の人は、みんなハイブラウになっていて、めったなことでは、

「あたし、アン・シリーズが好きよ」

なんていわないけれど。

映画がヒットしたからには、心の奥で、ひっそりとアンを愛してる人がたくさん、いるはずだと思うのです。

ヒトに自慢したり、ホメられたりするためにではなく。

ただ、自分のひっそりとした楽しみのためだけに、心の奥にしまいこんである親愛なる物語たち。

そんな物語をひとつでも持っている人たちと、おしゃべりしたい。この本は、そういう本です。

そんな物語のひとつくらい、読んでもいいなーという人でも、このさい、手を打ちましょう。

なんだか知らないけど、氷室冴子の『なぎさボーイ』とか好きだし、まあ、氷室の

話を聞くくらいはいいかなー、という人でも、ここまできたら、もってけ泥棒って感じよ。

十数年前までは、これから話題にする本は、〈家庭小説〉といういわれ方をしてました。

〈家庭で読むのにふさわしい小説〉

という意味かもしれないし、

〈家庭的な、日常的な描写のなかで展開する物語〉

という意味かもしれない。

そこは、わからんですが、ともかく〈家庭小説〉といわれてました。

けれど、今となってはすっかり死語になっていて、てきとうな言葉がみつからない。

だから、とりあえず、親愛なる物語（マイ・ディア・ストーリー）について。

この本のテーマは、ずばり、それです。

いとしのマシュウ

*

『赤毛のアン』

『赤毛のアン』（1908年作品　角川文庫刊）

作／モンゴメリ（1874〜1942）

カナダ、プリンス・エドワード島生まれ。1歳9か月で母と死別、祖父母に育てられる。1905年に『赤毛のアン』を完成させたが、各出版社に断られ、1908年ようやくボストンのペイジ社より刊行され、一躍人気作家となった。

訳／中村佐喜子（1910〜1999）

札幌市生まれ。戦後、翻訳に従事し、『作家の手帖』『燈台へ』『メアリ・アン』などの訳書がある。

私は小さいころ、すごいマザ・コンで、すごいファザ・コンでした。

こういうことというと、地元でジミに暮らしている両親が、この先、顔あげて街を歩けないいんじゃないかとフト不安になるけれど。

でも、私はほんとに、

(この世に、おとうさんくらいカッコいいおとうさんはいなくて、お母さんくらい、料理の上手なお母さんはいない)

と思っていたのです。

こういったことは、コトバとして、頭にあったわけではないけれど、ゆるがぬ信念のようなものとして、子供だった私を支えていました。

「近所の、〇〇ちゃんのお母さんはイジワルだし、××ちゃんのお父さんはデブだしィ。そのてん、ウチのお母さんは口うるさいけど洋服とか縫えるし、お父さんはスラッとしてるしねー」

という感じ。

つまり、料理や裁縫なんかの現実的な理想像は、母がせおい、背がすらりとしてデブッてなくてハンサムだという美的な理想像は、父がせおっていたわけです。

私は、理想のお母さんと、理想のお父さんに囲まれた、幸福なこどもだったのでした。

だが、しかし、理想はいつか、くずれ去るもの。

最初に理想がくずれたのは、気の毒なことに父でした。

小学四年生くらいのころ、私はとある上級生のガキ大将に目をつけられていて、学校から帰る道みち、ガキ大将や子分たちに囲まれて、

「おまえ、チビだな」

「ヤイ、きどるんじゃねえよ」

とか、からかわれていたのです。

ま、今から思えば、そんなにたいしたことといわれたわけじゃないし、今となっては、（もしや、あのコは、あたしが好きだったのでは……）

などという想像も可能なのだけれど、ガキのころは、そういう複雑な心理などはわからない。

ともかく、イヤでイヤで、ガキ大将の姿を見かけると、それだけで膝がふるえてくるほどイヤでした。

私はいつも無言で、歯をくいしばってうつむきながら、スタスタと家をめざし、い

っきに家まで走り続けられるところまでくると、くるっとガキ大将をふり返って、

「ふん、フトシのあほったれっ。デブッ！」

と死ぬ気で叫んでから、ドドドドーッと家まで、いちもくさんに駆け出して、玄関に飛びこんでいました。逃げ足だけは、はやい子だったのです。

ある冬の日、いつものように、

「デブッ！」

と叫んで駆け出そうとしたところ、フトシは子分どもと目配せして、ふいに雪玉を、私めがけて投げつけてきました。

相手がひとりなら、なんとか投げ返すところだけど、四、五人はいたから、どうにもならない。

ヒュンヒュン飛んでくる雪玉のあいだをかいくぐり、ひたすら家をめざしていると、頭のうしろに、みごとなくらい、一発がパッカーンと当たってしまった。

しかも！

あろうことか、その雪玉に氷が仕込んであったらしく、痛さのあまり、頭がジンジンしてくるのです。

雪玉に氷を仕込むというのは、雪国らしい戦闘テクニックで、男の子たちはよくやっていたけれど、女の子に向かってやるなんてことは、ルール違反なのです。

そういうルールは、近所の遊び友だちや、ガキ大将や子分たちのあいだに、代々、受けつがれてきた、大事な大事なことで、破るヤツはヒキョウモノなのです。

痛いのと、怒りに燃えて、涙を浮かべながら家にかけこんだ私は、玄関のタタキにお父さんの長靴があるのをみて、とたんにホッとして、気がゆるんでワーワー泣きだしてしまいました。

「サエコ、どうしたっ！」

ただならぬ気配を感じたのか、お父さんが玄関に飛びだしてきたので、私はますます心強くなって、べそべそ泣きながら、

「フトシに雪玉なげられた。雪玉に、コオリはいってて、いたいよォ！　フトシはいっつもイジメるんだよ、おとうさーん！」

と甘ったれて、訴えました。

親バカお父さんは、すぐさま、

「よし！」

と叫んで、長靴をつっかけて、雪のふる外にとびだしてゆきました。

私はべそべそ泣きながらも、そこはすばしっこく、いそいで玄関の戸のかげにかくれて、外を見ました。

お父さんがフトシたちを叱るところを、しっかり、見届けてやろうと思ったのです。

そういうところは、シッカリしてる子でした。

お父さんはたしかに、家のまえでフトシをつかまえて、なにか説教していました。

ところが、なんということ。

そのころ、小学六年生にしては、フトシは異様にデカい子ではあったのだけど、そのフトシとお父さんは、背がほとんど同じなのです。

しかも、お父さんは瘦せてるせいか、デブッたフトシよりも、よほど弱くみえる。

「それがどうした？」

と世のお父さんたちは、思うでありましょう。

「いまどき、小学生のほうが、よほど栄養いいにきまってるじゃないか。デカいガキとくらべられても、どうしようもないぞ。困るぞ、それは」

とオトーサンたちは、怒るかもしれない。

しかし、世界じゅうで、お父さんが一番カッコいいと信じている子供には、イジワルで、無神経で乱暴な、顔もぶっちゃいくなガキ大将よりも、お父さんが小さいというのは、もうもう、すごいショックであるのです。

「もう、ぜったいイジメないって約束させたからな。あたま、痛いか？」

お父さんは意気揚々と戻ってきて、そういってくれたけれど、私はなんだか、

（フトシのほうが、お父さんよりデカい！　強そうだ！）

ということにびっくりしてしまって、ボーッとなっていました。

それはなんというのか、それまでの、

(お父さんは世界一、カッコいい)

という世界認識のコペルニクス的転換を迫られる、一大事件でした。

お父さんは、世界じゅうの誰よりも、カッコいいというわけじゃないんだ——というのは、そのあと、ビミョーなかたちで、お父さん像を修整させてゆきました。

よくよく見れば、お父さんは近所づきあいが好きではないらしい↓ひっこみ思案だ。

お父さんは、ヒステリーをおこすお母さんにも、口答えしない↓お母さんよりも弱い。

お父さんはカメラやお習字ばかりやって、スポーツをしない↓男らしくない。

そういったこと、ひとつひとつが引っかかり、

(なんだ、そっかァ……)

としょんぼりするような気持ちになり——

そのうち、初恋なんかも経験すると、お父さんはカンペキに、理想の男性像からすべりおちて、そのまんま、私の世界から消えてゆきそうに思えたのだけれど。

やがて、高校生になってから、父は思いもかけず、あらたなイメージを背負って、私の目のまえに現れました。

『赤毛のアン』を読んだとき、そう、あのマシュウはまぎれもなく、お父さんそっくりに思えたのです。

❤

口うるさい現実的なマリラと、恥ずかしがりの無口なマシュウの兄妹。

これだけでも、お母さんとお父さんのカップルそのものだったのですが、マシュウはマリラがワーワーしゃべっている間じゅう、

「そうさな」

と呟きます。内心では、

(そうでも、あるまい)

と思っていても、出てくるセリフは、常に、「そうさな」。

この、「そうさな」は、村岡花子(むらおかはなこ)さんの翻訳のなかでも、いっとう光っている名セリフですが、わがお父さんもまた、お母さんが近所の噂ばなしや、子供のグチをまくしたてるのを、新聞よみながらボーッと聞いていて、

「そうかい?」

とうわのそらで、あいづちを打っていました。

意見を求められると、

「いやあ、まあ、あんたがそう思うんなら、そうだよ」

といった調子です。

マシュウが一念発起して、アンのためにパフスリーブのドレスを買ってあげようとしますが、女の店員があらわれたばっかりに、すっかり逆上して、黒砂糖やクマデなんか買ってしまいます。

ああいうところも、ほんとにお父さんに似ている。

子供のころ、父が書道の道具を買いにゆくおともをしていたのですが、そういうとき、店員が出てくると、お父さんはすっかり逆上して、よけいなものまで買ってしまうのです。

あとで超リアリストのお母さんは、

「どうしてそう、店員の口車にのるんだろう、お父さんは！」

とぷりぷり怒ってましたが、お父さんは店員の口車にのったのじゃなくて、ただただ人づきあいが苦手で、面とむかって話しかけられると、逆上するのです。

そういうのは、子供ごころに、

（へんなの。あはは）

とおかしかったから、『赤毛のアン』でマシュウに出会ったとき、

（ああ、お父さんはマシュウみたいに、恥ずかしがりで、内気なんだな）

みたいに、すんなり理解できました。

『赤毛のアン』の物語を読む楽しさはまた、アンの物語をとおして、それまで気がつかなかった、

（オトナの事情）

といったものを理解することでもあります。

高校生の一時期、お母さんの口うるささや、あんまり俗っぽいことをいうから、イライラすることもあったのですが、この時期、アンの物語を読むことで、ゴシップ好きな中年女性たちを、ちょっとだけ可愛らしいと思えるようになりました。

（ああ、わが母が、私の本なんか読む習慣がないのを、今日くらいありがたいと思ったことないな。活字よりも、現実と経験をおもんじるリアリストの母に感謝！　たとえ読んだとしても、お母さん、私はあなたが好きです。グチのおおい、ありふれた老婦人ですけどね）

いまでも、オバタリアン的人物（これは、女に限らないし、年齢に関係ないところがおもしろい）に出会ったり、イライラしたときは、愛すべき、パワーのある中年女性たちに再会するために、アンの物語を読みます。

物語のなかでは、オバサンたちは愛すべきスピッツみたいだし、〝かわいげ〟があ

ります。現実は、なかなか、そういうわけにもゆきませんが。

モンゴメリの自叙伝『険しい道』[*1]や、モンゴメリの伝記『運命の紡ぎ車』[*2]なんかでもわかりますが、モンゴメリもまた、けっして、優しいだけの人のいい家庭婦人じゃなくて、口うるさい世間や家族にいらだったり、理想と現実のはざまで、はげしい自我をかかえて、苦しんでいた人でした。

そういう人が、なんとか現実と折りあおうともがき、ペンでもって、現実を愛すべき小宇宙につくり変えるべく、たくさんの物語を書いたのでした。

アンで成功してのち、アンの原稿ばかりを要求されてボヤきながらも、彼女はたくさんの短編を書きます。

アンの出てこない村のスケッチは、人間がもつ卑小さ、意地のわるさ、干渉し、抑圧する人間関係をシニカルに描いていますが、小説を書く女のひとは、作品はどうあれ、根はシニカルなものです。

❤

ヒトはアンを読んだとき、どこに感動するんでしょう。

私の場合、カンペキにはっきりしていて、アンがおしゃべりだということに尽きていました。

私はもう、きっぱりいうけど、おしゃべりでおしゃべりで、おしゃべりなお母さんから、

「サエコくらい、おしゃべりなコはいない。おまえのおしゃべり聞いてると、頭が痛くなる」

といわれるくらい、すこぶるつきのオシャベリだったのです。ははは。

自分でも、イロ気づいてくる中学生くらいになると、

(これはマズイぞ。おしゃべりを直さないと、男子にも嫌われるぞ)

さすがに深慮熟考するようになっていましたが、なぜか、おしゃべりが止まらない。

そういうときに、アンなんか読むと、

(そっかー。おしゃべりでもいいんだ)

と納得できて、反省しなくてもすむのが、ありがたかった。

反省したり、自分の欠点を、欠点と思わなくてもいいというのは、世界がまたひとつ、自分に優しくなること、息がつけること、生きやすくなることです。

ヒトは反省のみに生くるにあらず。

やっぱり褒められたり、祝福されたりしなきゃ、つらい世のなかを渡ってゆくことはできない。これは、人生の真理です。

なのに、現実はどれほど、私たちに反省をせまり、叱りつけ、もっともっとと要求してくることか。

もっと、イイコになれ。もっと成績があがれ。もっと、みんなと協調しろ。

大人になってからは、もっと、イマふうのカッコいい女（男）になれ。もっと、ファッショナブルになれ。もっと流行に敏感になれ。もっともっともっと！

あたしゃ、JRじゃないんだよ、といいたくもなってきます。

なんという要求ばかりの多い世の中を、私たちは生きてることか。

そのわりに、私も恋人ができたときなんかは、

「最近、あんまり優しいことといってくれない。まえは、かわいいねとか、素直でいいコだとかコメントがあったのにィ。しょせん、男って、釣ったサカナに、エサはやらないわけよね。ああ、恋人になってソンした。他人のほうが、優しくしてもらえたのに」

とホメことばを要求して、

「どうしてそう、要求の多い女なんだろうね、あんたは」

とお説教されたりもしましたけどさ。

ま、ともあれ、いろいろと要求が多すぎる。

そういうときに、おしゃべりで、そんなに美人でもなくて、気がつよくて、そんな

ヒロインが少しずつ、周りの人たちに理解され、祝福されてゆく物語を読むのは——ただただ嬉しいのでした。

そうして、マシュウがお父さんに似ているというのは、ますますアンに自分を仮託しやすくって、ありがたいのでした。

高校生になってから、お父さんとしゃべりあう習慣はなくなっていたけれど、マシュウがアンのことを心の奥深いところで理解しているように、

(お父さんは、あたしの味方だ)

と思えるだけで、ホッとできたのです。

それはまた、

(あたしは、お父さんを理解できる)

という、根拠のない自信にもつながり、高校生のころは、父と私の蜜月（みつげつ）時代でもありました。

❤

ま、現実には、小説のようにはゆかず、そのあともゴタゴタしましたが。それはまた、いずれかの機会に。

駅まで迎えにきてくれたマシュウを相手に、アンはペラペラペラペラとしゃべり続けます。

おしゃべりだった私は、それだけで、アンに感情移入してしまいます。

孤児で、よそさまの家に預けられて、愛情に飢えていたアンは、娘として当然の愛情を、正面きって要求することができない。

だから、おしゃべりで自己主張し、しかも、そのおしゃべりを人に注目してもらうために、おしゃべりを〝芸〟にまで高められるようなユーモアやら、とっぴな発想やらをとぎすませてゆく。もちろん、なかば無意識のうちに。

そんな孤独な、愛情に飢えた女の子の気持ちが、私にはなんとなくわかるような気がするのです。気がするだけ、ですが。

だから、アンの物語がアニメ化されたり、映画化されたりしたときに、アンが最初から、なんの屈託もない、天真爛漫なコとして出てくると、

（なんか、ちがう）

としっくり、こないものがある。

アンが現れて、周りの大人たちがアンに感化されてゆく――という、どうやってもイイコちゃん物語になるのは、さびしい女の子をしらないオジサンたちが、アニメや映画を作るせいだなあと思ってしまう。

『赤毛のアン』は、おしゃべりすることでしか自分を主張できなかった、器用そうにみえて、ほんとはすごく不器用な女の子に、世界が少しずつ扉をひらいて、優しくなってゆく物語なんです、ほんとはね。

その優しい世界の屋台骨(やたいぼね)を支えていたのが、内気なマシュウでした。

最近、公開された『赤毛のアン』の映画[*3]では、そこがちゃんと描かれていて、劇場の暗闇(くらやみ)のなかで、私はハンケチを目にあてて、おんおん泣いてしまいました。

小説を書くのは、人を永遠に、ふたたび生かすことだ——というようなことを、ジョン・アービングも、ボーボワールもいってますけれど、ほんとうに、そのとおり。マシュウは、私の父みたいな、無名の人間のイメージをたくさん背負って、永遠に光りかがやいていています。

世の中の無数の、無名の、内気なオトーサンたち。

右、代表のマシュウに乾杯。

＊1　『険しい道——モンゴメリ自叙伝』(L・M・モンゴメリ作　山口昌子訳　篠崎書林刊)

＊2　『運命の紡ぎ車——L・M・モンゴメリの生涯』(M・ギレン作　宮武潤三・順子訳　篠崎書林刊)

＊3　映画「赤毛のアン」（Anne of Green Gables　ケビン・サリバン監督　ミーガン・フォローズ主演　'86年カナダ・アメリカ・西ドイツ合作品）は現在ビデオ化（松竹富士／松竹）されています。同じスタッフ、キャストによる続編の映画「続・赤毛のアン　アンの青春」（Anne of Green Gables ~ the sequel）が今年（'90年）の夏に公開され大ヒットしました。［ドラマシリーズを映画版として再構成したものであり、のちにドラマ版がＤＶＤ、Ｂｌｕ－ｒａｙ化］

オルコットかモンゴメリか

＊

『八人のいとこ』
『花ざかりのローズ』

『八人のいとこ』（1875年作品　角川文庫刊）

作／オルコット（1832〜1888）

アメリカ、ペンシルヴァニア州生まれ。1863年に南北戦争の軍病院看護婦として書いた書簡集を発表以来、小説家として有名となる。代表作『若草物語』など多数。

訳／村岡花子（1893〜1968）

山梨県生まれ。1927年に『王子と乞食』の翻訳を手がけて以来、『赤毛のアン』シリーズ全10巻、『エミリー』3部作など、訳書多数。

『花ざかりのローズ』（1876年作品　角川文庫刊）

作／オルコット

訳／村岡花子・佐川和子

いま、私の本棚にある〈家庭小説〉の文庫本を、ちょっと書いてみます。

『赤毛のアン』とアン・シリーズのすべて
『果樹園のセレナーデ』
『丘の家のジェーン』
『パットお嬢さん』
『かわいいエミリー』『エミリーの求めるもの』
『フェビアの初恋』
『若草物語』『続若草物語』
『昔気質(むかしかたぎ)の一少女』
『八人のいとこ』『花ざかりのローズ』
『ライラックの花の下』
『花物語』（吉屋信子(よしやのぶこ)のではなくて、オルコットの）
『少女パレアナ』『パレアナの青春』
『スウ姉さん』

『少女レベッカ』『レベッカの青春』
『そばかすの少年』『リンバロストの乙女』
『あしながおじさん』『続あしながおじさん』
『村の学校』『村の日記』『村のあらし』
『少女ネリー』
『アルプスの少女ハイジ』
『秘密の花園』
『フランダースの犬』

これらはみんな、高校生のころ、出版社がだしていた出版目録をチェックして、本屋さんに注文して、とりよせたものでした。

いまでも、各出版社は文庫サイズの出版目録をだしていますが、こう文庫本が多くなってくると「○×社、一〇〇冊」のような、すでにチョイスされた目録しか出せなくなっているみたいです。

でも、十ン年前は、まだのどかで、もっとたくさんの書名を載せたものを、出してくれていました。

ああいう目録には、百字くらいのアラスジが書いてあって、あのアラスジを読むだけで、本を読んだつもりになれるのが楽しくて、まるで愛読書みたいに目録を読んでいました。

赤エンピツもって目録を読みながら、買いたい本の順番をつけて、お小遣いをためておくのです。

中学生のころ、お小遣いはたった二百円で、チープなサガンの文庫本や、当時は百五十円だった岩波新書を、たった一冊買うだけで、のこる二十九日は、お菓子も買えなくなってしまう。人生ははてしなく暗い。本か、お菓子か。

子供も、それなりに、むつかしい決断をせまられたものです。

結局、本を買うことに決めても、そのあとが緊張の連続。なにしろ、アイスキャンデーやチョコレートを我慢して本を買うから、こっちも真剣そのものです。

さんざん目録よんで、順番をつけておいたのに、いざ本屋さんにいってみると、また、イロイロ迷ってしまう。なにしろ、本屋さんには、本がおおい。

店さきで、ためつすがめつ、数ページをよんでみて、あとがきをよんでみる。

こっちを先に買うべきか、あっちを先に買うべきか、深慮熟考をかさねて、一冊一冊、緊張して買っていたから、このころに買った文庫本は、今でも愛着があります。

高校生になってから、おねえちゃんがケチンボのお母さんにかけあってくれて、本代だけは、本屋さんにツケてもいいということになり、私の黄金時代の幕あけでした。

この時期、月に五、六千円のハイペースで本を買うことができたのです。五、六千円分の文庫本というのは、買いでがありました。ハッピーハッピー。

ときどき、中学生の読者の方からのお手紙で、

「つぎの本がでるまで、おこづかいためて、待ってまーす」

なんて書いてあると、

(今みたいな豊かな世の中に、やっぱりいるんだ、こういうひとが……)

と思わずもらい泣きしそうになって、よーし、三百円分、おもしろくするからねー、なんて決意してしまいます。

ケチな私は、「お小遣いためて……」の部分に、リキが入ってしまうのです。

❤

さて。

前述の〈家庭小説〉の本はたいてい、岩波少年文庫や、海外児童名作シリーズなんかに、ダイジェストで入っていました。

読書好きなクラスメートはきっと、小学生のころ、かわいい挿絵といっしょに、読んでいたはずです。

しかし、私はこどものころ、姉のご指導よろしく、伝記ばっかり読んでいて、小学も五、六年生のころから、いっきに世界名作全集の世界に突入してしまった身。ようやく高校生になってから、『赤毛のアン』みたいのを読みはじめたくらいですから、こういう物語を読んで、こどもらしく素直に感動して、

（よーし、明日から、いいこになろう！）

と決意したってことは、残念ながら、あまりないのです。

では、十六、七歳の、ちょっとナマイキな高校生が、どういう興味で、前述のような本を読んでいたか。

いろいろ興味はありましたが、目的のひとつは、やはりロマンスでした。

小説のなかの、ほとんどうっとうしいくらい、正義感や善意にあふれた女の子が、ちゃんと恋をして、なまじっか正義感にあふれているので、へんに理想をふりかざして、なかなか真実の恋人とうまくいかずに、バカなまわり道をするところ。

そこに、ガーッと燃えていたのでした。

その中でも、ヤキモキするトップといえば、やはりアン。

とどのつまり、アン・シリーズには、いろんな要素がいっぱい詰まっていて、このテの物語群の女王たる資格があるのです。

ギルバートとうまくいくかなーと匂（にお）わせて終わる『赤毛のアン』から、一転して、

ぜんぜん進まない『アンの青春』。これは、アンが村の学校の先生になってからの物語ですが、ちらっ、ちらっとギルバートとのロマンスがでてくる程度です。

マリラもレイチェル夫人も、みんな、アンとギルバートがうまくいくものと決めてかかっているので、アンは、なんとなく反感をもってしまう。

しかし、まあ、いずれうまくいくだろうと、読者の多くが思いこんでいるところに、『アンの愛情』。

大学にいったアンに、とんでもない王子さまが現れて、

「うそだろー」

と、読者のヤキモキにも、拍車(はくしゃ)がかかります。

一方、ギルバートにも、クリスチンなんていう美人があらわれて、アンが猛烈に嫉妬(しっと)する。

自分で嫉妬してると認めないのだけれど、モンゴメリの書きっぷりからして、アンは嫉妬してると、読者にはよくわかっていて、

(アンのバカ。あんたが好きなのはギルなのよ、ギル！　はやく自分の気持ちに、気がつきなさいっ)

とイライラさせられてしまうのです。

アン・シリーズでは、この第三のアン物語が、とてもよくできていて、パティの家

での共同生活なんかが、すごく楽しい。

やがて、アンとギルバートが婚約して『アンの幸福』。

新婚生活の『アンの夢の家』。

やがて子供たちが生まれて、お屋敷にうつってからの『炉辺荘のアン』となるのだけれど。

この『炉辺荘のアン』の第四十二章〈結婚記念日〉に、かつてのギルの恋人、クリスチンがあらわれて、短編小説のような一夜になります。

私は、この一章がすごく好き。ときどき、ここだけ読み返すくらいです。

かつての少年と少女が、ちょっとした嫉妬を中心に、心理劇を展開するみごとな中年夫婦になっていて、歳月を感じさせます。

モンゴメリは、アン・シリーズが有名すぎて、少女向きの物語長編作家だと思っている人が多いようです。

でも、じつはモンゴメリの筆は、中年女性の嫉妬や恋愛、退屈な日常にふと殺意のようによぎる苛立ち——なんてものを、短編でさらっと描くとき、するどい冴えをみせるのです。

アンをめぐる人々を短編スケッチで描いた『アンの友達』のなかに、『隔離された家』という短編があります。

これは独身主義の中年女性が主役で、中年女の辛辣(しんらつ)さが魅力の、ゆかいな作品。

あるいはまた、『続アンの村の日々』[*1]にはいっている『ありふれた女』。

アンの物語の中でなら、愛すべき人々として描かれる村の人々の、俗っぽさや計算高さ、無知や意地悪さ、人生の皮肉な側面が、これでもかこれでもかと描きこまれていて、モンゴメリのシニカルな目が光っています。

❤

さて。

アンはともかく、そういうヒロインたちの恋愛のゆくえにマトを絞ると、オルコットの『八人のいとこ』『花ざかりのローズ』は、うるわしいイトコたちに囲まれた少女、ローズの恋愛物語ということになります。

ローズは両親を亡くしたあと、父方(ちちかた)のご本家・キャムベル家にひきとられます。ところがキャムベル家には、女の子というものがいなかったために、ハレモノに触るような扱いをうけてしまう。ときに、十三歳。

そこにどっと現れる七人のいとこ。この七人+ローズが、『八人のいとこ』です。

しかし、ここが作家の辛いところで、七人の男イトコを、なかなか描き分けられていない。さすがのオルコット先生も、むつかしかったみたい。

気持ちは、よくわかる。

私だって、女の子ひとりに、相手役の男の子をだすとしたら、三人が限度ですからね。

作中で、はっきり性格描写としても際立っている男イトコは、三人。あと、一人がまあまあ。

それは、続編『花ざかりのローズ』のストーリー展開にも、はっきり関係しているので、最初から、続編のストーリーを考えながら、『八人のいとこ』を書いていたのかもしれません。

これから読むひとのために、人物整理だけしておきますと。

まず、一族の総領格たる、アーチー。十六歳。アーチーの母親は、ジェシー叔母さんで、この叔母さんは、物語における、

(母なるもの)

をせおっていて、いちばん素敵です。

二番目が、プリンス・チャーリー。十四歳。

名前のつけ方で、どういう少年かみえみえですが、彼は一族のなかで一番ハンサムで、しかし、やや軽薄ふう。彼の母親、クララ叔母さんは美人は美人なんだけど、社

交界に執着してる虚栄心のつよい人です。

三番目が、本の虫マック。なにしろ、本ばっかり読んでる変わり者。

四番目が、めかしやスティーブ。彼は、なんにつけ一族のプリンス、プリンス・チャーリーをお手本にしたがる、ま、気のいい少年です。

このマック、スティーブの母親が、ジェーン叔母さん。このオバサンも、クララと同じように、辛辣な、けっこう俗物ぽいひとです。

七人のいとこといっても、記憶にのこるのは、この四人のみ。のこるジョーディとウィル、三歳のジェミー坊やは、そこらへんをコロコロ走り回ってるだけです。

しかし、私が感心するのは、オルコットが『若草物語』を発表したのは、１８６８年、時あたかも日本では、明治維新というころ。

つまり、オルコットが活躍したのは、日本でいうと、明治のはじめころです。

あのころ、すでに海のむこうのアメリカでは、職業作家の婦人がいたというだけでもエライのに、当時はなかった心理学とでもいうのか、母親の影響なんてものが、この『八人のいとこ』（１８７５年）でも、しっかり描かれてるところが、みごとです。

アーチーは、ほんとに紳士的な少年なんだけど、彼の母親、ジェシー叔母さんをみていると、この母にして、この子アリ、という感じです。

一方、クララ叔母さんの盲目的な愛情をあびたプリンス・チャーリーは、才気のある、ほんとに魅力的な子なんだけど、なにかが欠けている。意志や、知性や、克己心みたいなものが。

このふたりの父親は、ともに船長さんで、めったに帰ってこないもんだから、母親の影響をモロ受けしていて、それがちゃんと描き分けられているのです。

一方、マックやスティーブの母親、ジェーン叔母さんもかなりの俗物なんだけど、このふたりには、マック叔父さまという父親がいて、この父親がよい人物なので、子供たちもヒネずに育っている。

このあたり、毎日の生活や、身のまわりの人間関係に、じいっと観察の目をこらしていた女流作家ならではの、するどい観察眼が光っています。

小説を書くことだけに打ちこむわけにもいかず、家事もやらなきゃならない女流作家は、本で得る以上の知識を、身のまわりから得ていたわけです。

❤

さて、ローズはキャムベル家にひきとられ、後見人に指定されたアレック叔父さまの手にゆだねられます。

しかし、女の子が絶えていなかったキャムベル家。親族会議では、ローズをいかにするべきか、みんながいいたいほうだい。

年くったオバサンオジサンが入り乱れての親族会議や夕食会というのは、〈家庭小説〉の定番というか、切り札みたいなものです。

こういう場で、あらゆるオバサンオジサンの人物が描(えが)きわけられ、物語の雰囲気がもりあがってゆくのです。

話はとびますが、先日、ミステリ・ファンの友人とおしゃべりしていて、イギリスのミステリ作家、クリスティの話になり、

「クリスティは、ぜったいミス・マープルものよね。『鏡は横にひび割れて』*2なんか、最高じゃん」

と意見の一致をみたのですが、友人がいうには、

「男の人って、ミス・マープルのおしゃべりが、ダメみたいなんですよ。うちのパパもミステリ・ファンだけど、あのおしゃべりだけは、勘弁してくれっていってましたもん」

というではないですか。

「んまあー、ミス・マープルものの楽しさは、あのおしゃべりじゃないのォ。お茶の時間がどうしたとか、花の種まきがどうしたとか、銀器をみがくのがどうだとか、ゴ

シップ好きなバーサンたちとか、あれこそイギリス。あれこそ、女。ああいう描写がなかったら、ミス・マープルの価値ないわ」

と私は弁護したのですが、だが、しかし。

ふと、脳裏によぎったのが、この〈家庭小説〉群でした。

〈家庭小説〉のおもしろさは、親族のオバサンオジサン連中の世間ばなしや、お茶の時間にしょうがビスケットが出たとか、夕食会には、ミントパイが出たのライスプディングがどうのという描写の細密さでもあるのですが、男の人には、このおもしろさが、

(わかんないのかもしれないわ。そうだったのか!)

目から、ウロコが落ちたような気がしました。

ここのおもしろさがわからないと、家庭小説なんて、人生にはなんの役にも立たない、くだらない小説、紙のムダ、インクのムダになってしまう。

反対に、こういう楽しさがわかると――

世の中はまことにわずらわしく、義理がからみ、世間体をひきずる、だがしかし、愛すべきものだという認識にいたるのです。

それはさておき、ローズに話をもどすと。

親族会議で、叔父さま叔母さまがいり乱れて、自分の意見をくりひろげます。

五、六人のオバサンオジサンたちが、いいたいほうだい、しゃべりあったあと、ローズの後見人、アレック叔父さんが、
「わたしの教育方針でやらせてみてください。一年たっても、ローズがあいかわらず病弱で、今より、よい状態になっていなかったら、ほかの人に、ローズを渡すことにしましょう」

と宣言します。

この〝一年〟が、ミソです。

『八人のいとこ』はつまり、ローズがアレック叔父さんの手で、理想的な教育をうけて健康に、ゆたかに育ってゆく一年間の物語でもあるのです。

アレック叔父さんの教育方針は、ひとことでいうと自由と遊びの毎日。

それはそれで、なかなか楽しいのですが、ちょっとしたエピソードに、ちらっ、ちらっ、と説教くささがにじみ出ちゃうのが、オルコットらしいところ。

アレック叔父さんに、自分を犠牲にして、人に尽くすことのとうとさを教えられると、ローズは楽しいキャンプを抜けだして、みなしごで小間使(こまづか)いのフェーブをキャンプにゆかせようとする。

こういうところ、私がヒネクレ者だといわれれば、それまでですが、かなり説教臭い感じがします。発表当時の、アメリカの若い読者は、きっと、すなおに感動してた

と思うんだけれど。

高校生のころは、そういう説教臭いところをかえって面白がっていて、

「ほい、お説教ひとつ、あがりィ！」

なんて、フトドキな楽しみ方をしてました。いけないなあ。

しかし、今になって思うと、小説にこういう教訓が入るというのも、それなりに納得できるのです。

というのは、オルコットやモンゴメリなんかの〈家庭小説〉作家が活躍したのは、十九世紀末から、二十世紀はじめにかけて。

この時代、女が小説を書くというだけで、世間からはずれた異端者のようなもの。

それだけに、よき家庭婦人であること、よき信仰をもっていることは、免罪符みたいなものでした。

また、家庭小説作家のおおくは、当時としては最高の教育を受けていて、それは人によって、教職につくためだったり、恵まれた環境で大学に進んだりとさまざまですが、みな向学心があり、教育の大切さを知っていますから、教育的配慮やら、啓蒙意識のようなものが、つい出てしまうのかもしれません。

それより、もっと重要なことに、そのころの女流作家はみんな、

（女が結婚もせずに、小説書くなんて）

みたいな偏見のなかで筆をとっていますから、かなり根性があって、負けずぎらい。そういう気性が、女性の可能性を現実的にみとめるピューリタニズムと結びついて、働くことをイヤがらない、慈善事業や社会に貢献しようとする、意志のつよい、理想をもった女の子像をつくっていったのです。

今よんでも、百年前の〈家庭小説〉の主人公たちは、みんな意志的で、理想にもえ、社会に有益な人間になろうと努力する、涙ぐましい女の子ばかり。

それは、みえない偏見と闘いながら、書くことをやめなかった女流作家の、理想の女の子像でもあったのでした。

『八人のいとこ』のローズも、やっぱり、そういう女の子のひとりです。

そうやって、アレック叔父さまの愛情にはぐくまれた一年がすぎ——

はじめのころは、薬ばっかり飲んでいた、ひよひよしていたローズは、みちがえるほど健康的な、すばらしい女の子になっています。

彼女は、親族会議の場によばれて、この先、どうするかを尋ねられます。決定するのが、まわりの大人ではなく、ローズ本人というのが、また、いいところ。

ローズは、アレック叔父さまとずっと一緒にいたいといって、みごとハッピーエンドかと思われるのですが。

「え、これで終わってしまうの。ロマンスはなし……?」

という読後感を待ちうけているかのように、続編『花ざかりのローズ』へとなだれこみ、話はいっきに、ドラマチックになるのです。

♥

『八人のいとこ』では、さらーっと書かれているだけだったのですが、ローズは、かなりの財産をうけ継ぐ、いわゆる女相続人だったのです。

ここのあたりは、さすがオルコット先生。やっぱり、仕込みがうまいんだなあ。旧家にありがちな一族の団結力もあって、くさるほどいるオバサン連中はみな、ローズの財産を一族の外にださないためにも、イトコたちの誰かと結婚してくれないものかと期待します。

こういうの、いかにもオバサンらしい発想で、説得力があって笑っちゃいます。

そうとは知らぬローズが、アレック叔父さまたちと故郷の港に帰ってくるところから、『花ざかりのローズ』がはじまります。

イトコたち七人は、さまざまな思いを胸に、ローズを待ちうけるのですが。

ローズの帰国歓迎会のさなか、七人のイトコのうちの最年少、たった十歳のジェミーが、かわいい口ぶりでローズに求婚（プロポーズ）して、

「叔母さんたちがいってたよ。お姉さんは僕たちのうちの誰かと結婚して、キャムベル家の財産を残しておくほうがいいって。だから、ぼく、一番に申しこんだの」

はやくも、暴露してしまいます。

気まずい雰囲気がただよい、ローズはあっけにとられて……——

物語はいっきに、ロマンチックな予感をはらんでゆくわけです。

誰がローズのハートを射止めるのかは、読んでからのお楽しみというところですが、しかし、わたしがこの物語を読んだのは、すでに十数年前。

肝心のところは、かなり忘れておりました。

今回読みなおしているうちに、やっぱり『あしながおじさん』なんかの影響もあるせいか、家庭小説にありがちな、ロリ・コンふうの中年紳士・アレック叔父さんを意識しすぎて、かなり推理が狂ってしまったことを告白します。

だけど、正編『八人のいとこ』に、けっこう伏線らしきものがあったから、ローズをめぐる求婚者レースで、最後の最後には、この伏線がみごとに生きてきて、ウルトラCが出てくるとニランでたんだけどなあ。

読んでいない人に、伏線伏線ったって、ワケがわからないから、いずれ『八人のいとこ』『花ざかりのローズ』が世間にゆきわたったあかつきには、私がドコを誤解したのか明らかにしますが。

このあたり、オルコット先生はなかなか、現実的な女性のようです。

そう、オルコット先生はなみいる〈家庭小説〉の女流作家のなかでも、かなりリアリストで、そのくせ理想家肌で、それが作品にも顔を出していて、お話はちょっと教訓的。

やっぱり、家族のパン代せおって、がりがり小説を書いていた立派な婦人だけあるのです。

そのてん、シニカルな目をもちながら、愛すべきキャラクターをユーモアをもって創りだした、ひとすじなわではゆかない後輩のモンゴメリより、直線的といえるでしょう。

オルコットか、モンゴメリか。

好みにより、評価はさまざまです。

ま、私はヒトが悪いですから、ヒスをおこしながらも、さも、人のよさげな物語を書いているモンゴメリのほうに、つい、軍配をあげそうになっちゃいますけれど。

でも、名門女学院の女子寮の舎監先生ふうオルコットにも、ふかい味わいがあります。

ボストンの名門出ではあるものの、父の事業の失敗などで、貧困と挫折のくりかえしのなか、筆をとりつづけ、筆をとって二十年めに『若草物語』がヒットすると、日

記に、

「借金はのこらず返済、安心して死ねる気持ち」

とまで書いたといいます。

南北戦争で、篤志看護婦として働いたときにかかった熱病がもとで、死ぬまで健康体には戻れないまま、筆をとりつづけたオルコット。

百年以上もまえ、明治のはじめころに書かれたことを思えば、その豊かな生活描写や上品なユーモア、誇りたかく意志のつよいヒロインを書きつづけたルイザ・メイ・オルコットには、ふかい尊敬をもって、脱帽あるのみです。

＊1 『続アンの村の日々』(モンゴメリ作 上坪正徳・山田芳子訳 篠崎書林刊)
＊2 『鏡は横にひび割れて』(クリスティー作 橋本福夫訳 ハヤカワ・ミステリ文庫刊)

ハウス食品におねがい

＊

『リンバロストの乙女』

『リンバロストの乙女』（1909年作品　角川文庫刊）［のち、河出文庫］

作／ジーン・ポーター（1863〜1924）

アメリカ、インディアナ州生まれ。博物学者として有名で、この方面での著書もある。他に名作『そばかすの少年』がある。

訳／村岡花子

先日、バイトの秘書嬢をさそい、残暑見舞いをみつくろいにデパートに行ったときのこと。

ほんとなら、お中元にすべきなのに、八月もなかばすぎてしまったので、残暑見舞いになったのです。やれやれ。

ま、そんなのはどうでもよろしい。

残暑見舞いのお品をみつくろいに、デパートの食品売場にいったのです。

メモを片手に、あの方は日本酒がお好きだからコレを、あの人は〆切に追われていて、いつも食事のヒマもないハズだから、非常食用に、このかんづめセットを……とやっていると、

「氷室さん、そういえば、カルピスが味の素と提携したんですよ。知ってました?」

ふいに、秘書のお嬢さんが、かなしげにいいだしました。

秘書といっても、月に二度ほどきてもらって、郵便物や本の整理をしてもらうだけのものだし、ふたりとも女子大育ちのせいか、気分はほとんど先輩後輩。

仕事の話なんかしたことなくて、世間ばなしばっかりの私たちではあるのですが。

なにゆえ、残暑見舞いという、世俗にまみれたことをやってる最中に、日経新聞みたいな話題がでてくるのか。世俗は世俗でも、ちとジャンルがちがう。

秘書嬢も私も、株なんかやってないのだ。

理由はかんたん、目のまえの商品ケースに、カルピスセットがあったからでした。

秘書嬢は、そのフルーツカルピス・セットをみて、ふっと思いだしたらしいのです。

「へえ、カルピスみたいな老舗(しにせ)が、提携ねえ。それはつまり、合併とか、吸収とか、そういうことかな。カルピスの名まえも、なくなるのかしら」

「それはないと思いますけど。ブランド名だから」

と、そこは秘書嬢もあやふやに口ごもったものの、にわかに語気もあらく、

「でも、カルピスもつらいとこだったんじゃないですか。ほら、日曜日の七時半のカルピス劇場、いま、『あしながおじさん』やってますけど、あれの提供、いまはハウス食品ですもん」

重大なひみつをもらすように、ささやくのです。

「それは、いつとはなく、気がついてたけど……」

「やっぱり、代表作がカルピス一本てのが、経営悪化にいったんですよ。いまや小学生でも、ウーロン茶と鉄骨(てっこつ)飲料ですからね。甘味飲料ってのは、もうウケなかったんですよ、きっと」

「そうなのねえ。スティック・カルピスってアイディア商品みたときは、お、根性あるじゃんと思ったけど。スティック・カルピスだけじゃ、今の世の中、のり切っていけなかったのかもしれないわねえ。やっぱり、土地かってレジャー産業に進出するとか、そういう世の中だもんねえ。くそぅ、世の中、まちがってるよ」

デパートのショーケースをまえにして、いつとはなく、深遠な日本の経済産業状況について、語りあったのでした。

やがて、どちらからともなく、

「カルピスといえば、ハイジやパトラッシュと結びついて、かわいい、ミルキィなイメージがあったのにねえ。世の中って、ひどいわねえ」

しみじみとカルピスのために、タメ息をついてしまいました。

味の素さん、カルピスを大事にしてやってください。

カルピスは、私たちが子供のころ、あこがれの飲みものだったんです。

運動会のとき、サイダーと、水筒に氷といっしょに入ったカルピス飲みほうだいと、つやつやしたバナナの房(ふさ)が、どれほどのごちそうだったことか！

遊びにくるボーイフレンドのために、せっせと製氷皿にカルピスをいれて、カルピスシャーベットを作っていたおねえちゃんが、どれほど真剣だったことか！

料理がヘタなお母さんが、近所のおばさんから仕入れてきた知識で、粉末カンテンとカルピスをまぜて、カルピスゼリーをつくってくれたときの、ぷるぷると震えるカルピスゼリーが、どれほど含羞にみちた風情だったか！

ヨーグルトがハヤリだしたとき、カルピスをミルクで割って、ヨーグルトドリンクにして飲んだときの、なんと芳醇な味わいだったことか！

ほっそりしたグラスのなかに輝く、やわらかな乳白色の液体は、ミルクよりも甘く、冷やし飴よりもはかなく、真珠のようにきれいだった！

ああ、カルピスよ、永遠なれ‼

……——

ま、そういうセンチメンタルな追想は、このさい、どうでもいいです。

いろんな週刊誌をよむと、この提携劇には、銀行の思惑やら、いろんな要素もあるようだし、私は株なんかやってないから、そういうヤヤコシイことは、どうでもよろしい。

しかし、日曜日の七時半のアニメ時間帯のスポンサーが、いつのまにかカルピスからハウス食品になっていた——という、この記念すべき（なにが記念か、はっきりしないですが）ときに、私にもいいたいことがあるのです。

前々から、ずうっと思っていたことだけれど、

「あの時間帯のアニメ企画を出すひとは、見落としてる作品があるんじゃないです

か？　そう。あれ、あれですよ。『リンバロストの乙女』ですよっ！」

ということ。それをいいたい。

この文章が、ハウス食品・広報室のオジサマたちの目にとまることを念じながら、書いていますが、『リンバロストの乙女』こそは、『ハイジ』[*1]や『赤毛のアン』をしのぐ物語です！

いや、こういうこと書くと、ハイジやアンの〈腹心〉の読者に、どなりこまれるかもしれないなあ。

つまり、埋もれさせるには忍びないほど、よい作品だということなのです。

❤

主人公・エルノラは、なぜか冷たく当たる母親の反対をおしきって、向学心やみがたく、町の高校にゆこうとします。

ところが、高校にいってみて、びっくり。

教科書にもお金がかかるし、学費もいる。

勉強だけはできるつもりだけど、着ている服もビンボーたらしいもんだから、高校の女の子たちにバカにされてしまう。

リンバロストの森のちかくで、ひっそりと暮らしていたエルノラには、世間的なチエも、情報もなかったのです。

学校にゆけば、なんとかなる、と思っていたわけ。

泣きたいような気持ちで、でも、

(お母さんにだけは、泣きごとはいえないわ)

と思う。

お母さんは、田畑やりっぱな木のある山をもっているんだけど、父親がいないから田畑は耕せないし、税金ばかりが多い——とグチしかいわない人で、それでなくても、なぜかエルノラに辛く当たってばかりで、もともと高校にゆくのは反対だったのです。

つらい気持ちで、とぼとぼと田舎道(いなかみち)を帰るエルノラは、おとなりのウェスレイおじさんと出会います。

ウェスレイおじさんは、みすぼらしいカッコのエルノラが、学校で恥をかいたんじゃないかと不安で、不安で、エルノラを待っていたのでした。

ウェスレイおじさんとおばさんには、子供がいないから、エルノラのことを自分の子供のように思っていて、エルノラに冷たい母親に、友人として怒ってもいるのです。

エルノラのためなら、学費だろうが、洋服代だろうが、なんだって出してやりたい気持ちでいるのだけれど、エルノラは、それを毅然として拒んで、

「お母さんに、お頼みしてみるわ」

と帰ってゆきます。このあたり、ほんとにエライ！

ところが、母親は、傷心（しょうしん）のエルノラに、

「学校は、お金がかかるってことは、ちゃんと知っていたよ。うちには、お金なんかないんだから、あんたは学校を諦めるんだ」

という。

エルノラは、

「もう、二度と、お母さんにはお頼みしません。自分で、なんとかします」

ときっぱり、いう。

でも、エルノラにお金を得る方法なんかないし、お母さんは冷たすぎるし、あんまりだわ、いったい、どうなるのよと、読んでるほうはヤキモキするわけです。

一方、ウェスレイおじさんとおばさんは、いてもたってもいられなくなって、町の店屋に馬車をはしらせ、エルノラのために、洋服やなんかを買おうとします。

でも、田舎で野良仕事ばかりしていたおじさんたちは、どうやって服を選んでいいかもわからない。

そこに現れたのが、昼間、エルノラをさんざんバカにした高校の女の子たち。

おばさんは、そうともしらず、

「母親にかまわれない、かわいそうな女の子がいて、わたしらは、その子が大好きなんですよ。それで、洋服を買ってあげたいんですけど、どんな服がいいんでしょうね」

と心をこめて相談します。

女の子たちは、おばさんの話をきくうちに、その女の子が、今日、高校にやってきた、みすぼらしい服の田舎娘だと気がついて、

「あの子の身内は、そんなに貧乏なの?」

と聞くんだけど、おばさんが優しく、

「貧乏というんじゃないんですよ。ただ、あることがあって、お母さんは別人のようになって、娘にも辛くあたるんです。もし、あなたたちがあの子に優しくしてくれたら、いいことをしたことになりますよ」

と説明します。

女の子たちは、根がわるい子じゃないので、

(もし、あの田舎くさいエルノラが、きれいな服をきて学校にきてたら、あたしたちはあんなふうに、意地悪だったかしら?)

と反省して、みんな、今度から、エルノラと仲良くすると約束します。よかった、よかった。

さて、女の子たちのアドバイスや店員さんの好意で、おばさんは学生たちが使う洗

髪用石鹸、爪みがきのやすり、コールドクリームなどを買います。何十年もまえのアメリカの女高生は、みんな、みだしなみを整えたレディだったわけ。

水色と、ピンクと、緑の縞のはいった鼠色のと、ダークブラウンとブルーの格子縞のギンガム服地も。

羽根のついた麦藁帽子も買うんだけど、帽子は2ドル半、羽根は4ドル半もするもんだから、羽根はとってもらって、家に帰って、孔雀の羽根をつけかえたりもします。

靴も長靴も、茶革のランチボックスも、いろんなものを買うのです。

ウェスレイおじさんたちが心配したのは、お金がかかったことではなく、エルノラがこれをちゃんと受け取ってくれるだろうか、母親が受け取らせるだろうかということでした。

一方、エルノラは翌朝、ウェスレイおじさんたちが、自分のために、いろんなものを買っていたともしらず、なんとかお金の工面を考えようと、はやく家を出ます。

そうして、町の銀行の窓に、

〝求む！　蝶、蛾の幼虫、マユ、さなぎ。高価買入〟

という張紙をみつけます。

それは、鳥の先生で、みんなから「鳥のおばさん」と呼ばれている博物学者の女の人が張ったものでした。

ありがたいことに、エルノラはこれまで、リンバロストの森で集めていた蝶のコレクションをもっていました。

もしかしたら、鳥のおばさんのところに持ってゆけば、なんとかなるかもしれないと思った彼女は、午前中の授業をうけたあと、おそるおそる、鳥のおばさんのところにゆきます。

鳥のおばさんは、やさしく、もし、いいコレクションがあるなら、100ドルの値打ちだってあるといいます。

エルノラは泣かんばかりに喜び、

「これから蛾や蝶を集めさえすれば、学校にゆけるのだわ！」

と希望がわいてきます。

鳥のおばさんに蝶の標本を売ったお金で、ウェスレイおじさんたちの用意してくれた洋服や靴などを買いとり（←ここもエライ！　こういうスジを通すコって好き）、エルノラは幸福に輝いて、学校にかよいだします。

そうして、いろんなことに出会いながら、エルノラは自分で学費をつくり、自分で稼（かせ）いだお金で、ドレスをきて、かつてはイジワルだった女の子たちの仲間にもいれてもらって、お芝居やお茶会を楽しんで、幸福な四年間をすごして――

やがて、お母さんとの辛いイザコザのあげくに誤解がとけ（当然といえば当然だけど、お母さんが冷たかったのには、ワケがあったのです）、大学にはゆけないけれど、学校の教師をやりながら学費をためようと、あらたな人生に踏みだそうとします。そんな十九歳の夏にあらわれたのが、シカゴからきたフィリップ・アモンという青年。

体をこわしてリンバロストにきていたフィリップは、エルノラといっしょに、思うさま、蝶や蛾の採集をたのしみ、夏を楽しみます。そんな会話のなかで、ごく自然に、彼に婚約者がいることも話題になり、フィリップはとても彼女を愛してるふうです。

エルノラも、フィリップの婚約者のために花を摘んだりして、それは楽しい夏をすごしてフィリップが去ったあと——エルノラは泣きだしてしまうのです。

びっくりした母親は、

「いっておくれ。その涙は、ひとしずくでも、あの人のせいなのかい？」

と尋ねます。

エルノラは、そうではない、あの人は騙さなかった、会って最初のうちに婚約者がいることをちゃんと話してくれていたのだといいます。

どうして、それを私に知らせなかったのかと叱る母親に、エルノラはあえぎながら、いうのです。

「お母さんが、あの人をここに来させなくするだろうと思ったの。それに、ああ、お母さん、あたしはあの人に、来てほしくてたまらなかったんですもの！」

❤

ストーリーをほとんど知らない人に、知っているストーリーをしゃべり倒すくらい、楽しいことはないから、ついつい筆の走るままに、書いてしまった……。

もちろん、このあともストーリーは続いてゆきます。

当然ながら、フィリップとこのままで終わるはずはないし、事実、思いもかけない展開をみせてゆくのです。

もし、これから『リンバロストの乙女』を読もうと思っている人がいるとして、こんなにストーリーをバラされたら、興味が半減する——とマジメに、怒る方がいるかもしれない。

ま、それは正論なんだけど、ちょっと待って。

こういう物語はなぜか、ふしぎと、ストーリーがわかっても興味が半減しないのです。そうでしょ？　そこが、こういう物語のよいところ。

エルノラの洋服の柄をたのしみ、エルノラが学校にもっていったランチボックスのなかのメニューをたのしむ。ウェスレイのおばさんがドレスを縫うところ、女の子たちが好きなお菓子、エルノラが卒業式で着るドレス、エルノラをかこむ人々の心理や、あたたかい会話や――ほんとうにもう、いっぱいいっぱいい、楽しむところがある。

何度もページをめくり、同じところを読みながら、わくわくできるのです。そうして、本を閉じて顔をあげると、なんとなく、おいしいベーコン・エッグスと、おおぶりのコップにはいったミルクと、匂いのいいコーヒーと、できたてホヤホヤのパンなんかを食べて、物語のみんなと仲好しになりたい気分になり、とてもとてもハッピーというわけ。

ハウス食品のオジサマたち、この物語をアニメにして！　緑豊かなリンバロストの森で、ドレスやお弁当や、パイや靴や、パラソルやリボンや、そういったもの――

生きていくうえで、女の子にとってはなによりも大切なものを、ひとつひとつ、自分で手にいれながら、冷たい母親を愛し、ウェスレイおじさんやおばさんを愛し、孤児の少年と友人になり、クラスの女の子たちとお茶会をして、学園祭の音楽祭やお芝居なんかも心から楽しんで、そうやって成長していったエルノラが、夏の輝く日にであうフィリップ。

フィリップの婚約者エディスも。

誇りたかい女王エディスを愛する、フィリップの友人のヘンダスンも、みんなみんな魅力にあふれ、息づいている。

彼女たちに出会うために、私は年に数回は、もうボロボロになっている十八年前に買った文庫本に手をのばし、好きな描写、好きなエピソードのところをめくりつつ、

（あたし以外にも、このゆたかな物語を愛してる人は、ぜったいにいるはずだ！）

とそっとタメ息をつくんです。

❤

ところで、オルコット、モンゴメリときて、このたびのジーン・ポーターですが、彼女は前のふたりと、かなり作風が違っています。

ジーンに味方して、きっぱりいってしまうと、オルコットの教訓臭さ、モンゴメリのシニカルさがないのです。とても自由で、風とおしがよい。

これは読むひとによって、受けとり方はさまざまなので、なんともいえませんが、少なくとも、私が高校時代にまとめて読んだ〈家庭小説〉のなかで、『リンバロストの乙女』が一番のお気に入りになり、今もって、家庭小説の愛読書No.1になっている

理由は、そのためです。

風とおしがよいのは、たぶん、ジーンの自然描写がズバ抜けているせいでしょう。

オルコットにしても、モンゴメリにしても、当時の女性がそうであるように、基本的には、家の中にいる家庭婦人でした。

キッチンや客間で、原稿を書いていたわけです。

見聞きするのは、ご近所の人間ドラマであり（これをユーモアをもって書いたのがモンゴメリ）、そういう日常を観察しながら、理想的な思いを織りこんで創作にうちこんでいたのです（これが、オルコット）。

つまり、どちらも基本的に、室内作家であったといえるのです。

それは、当時の女性にとっては、宿命的なことです。

モンゴメリが描いたプリンス・エドワード島のうつくしい風景もまた、額縁（がくぶち）にきりとられた絵のように、作品のすべてを覆いつくしています。

ところがジーン・ポーターの作品『リンバロストの乙女』や『そばかすの少年』[*2]などは、一面では、リンバロストの森そのものが主人公であるかのようです。

そこに生きるエルノラも、母親も、ウェスレイおじさんも、鳥のおばさんも、みんな森に生きる人々です。

森や、そこに無数にいきる鳥たち、虫たちへの愛情溢（あふ）れた、みごとな描写は、森林小説のおもむきがあるほど。

それもそのはず。

ジーン・ポーターは、蝶や蛾のことでは、名のしれた博物学者で、小説書きは余技だったのです。

余技といっても、小説家として愛され、『そばかすの少年』『リンバロストの乙女』などもベストセラーになったそうだから、ま、プロの小説家といってよいのですが、ポイントは彼女が各地をフィールド・ワーク（野外研究調査）する、行動する学者であったこと。

くわえて、学問とも無縁の仕事をしている夫をもち、彼の理解と協力のもとに、研究や執筆をつづけていたこと。

これが、彼女の作風に、大きな影響をあたえています。

そもそも、『リンバロストの乙女』の前編にあたる『そばかすの少年』は、ジーンがリンバロストにフィールド・ワークにきたときに、森に生きる製材所の人たち、山小屋の人たちに聞いたエピソードが、もとになっています。

『そばかすの少年』の訳者あとがきによれば、ジーン・ポーターは、夫をおともにして、リンバロストに蝶かなんかの採集にいっていたらしいのです。

しかし、リンバロストは、沼や湿地のおおい、危険な森。

そのため、このさき二度と、リンバロストでの採集はしないと約束した上での取材だったのですが、心ひかれるエピソードをきき、創作意欲を刺激されたジーンは、馬車でまっていた夫のもとに駆けつけ、

「書きたいものがあるの。あたし、あの約束、撤回するわ。リンバロストに通って、もっと取材するわ！」

みたいに、宣言したとか。

ところが夫は、

「それなら、いいよ。ただし、誰よりもきみを愛しているぼくをお供にしなくちゃ、だめだ」

といって、仕事をやすんで、妻のフィールド・ワーク兼、取材におつきあいするのです。

うれしいエピソードじゃないですか。

ま、家庭小説そのものの理想化されたエピソードだといわれれば、なんとも反論しようがないですけれど。でも、作品を見るかぎり、かなり説得力のある話です。

そういった夫婦関係や生活環境は、作品に影響してきますから、

（そういうことも、ありかもしれない）

という気になるのです。

『リンバロストの乙女』でも、エルノラとフィリップ青年の素朴な恋、誇りたかいエディスとフィリップの都会的な恋愛は、〈家庭小説〉にありがちな理想化された＝子供っぽいロマンチシズムやセンチメンタリズムを抜けでています。通俗的といわれりゃあ、それまでですが、説得力のある、オトナの恋愛なのです。

あるいはまた、フィリップの親友ヘンダスンの描写も、ありがちのものではなく、人間的な魅力があって、説得力があり、心打たれちゃいます。

さらに、エディスとヘンダスンの複雑な恋愛心理、とりわけ、エディスという、カタキ役であるべき立場の女性が、ほんとうに人間的な弱さや虚栄心をもった、魅力あふれる女性として描かれているのです。私なんか、エディスがかわいそうで、かわいそうで……。

後半、お母さんに辛く当たられることもなくなったエルノラより、エディスのほうが、なんぼか共感できました。

そう。

ジーン・ポーターが描く登場人物には、教訓臭さがなく、鼻につくユーモアで過剰(かじょう)包装(ほうそう)されたところもない。とても、自然なのです。

『そばかすの少年』などは、ストーリーとしてはやや過剰包装ですが、それはストーリーテリングの問題で、キャラクターは、どこまでもナチュラル。

それはきっと、フィールド・ワークすることで出会う、さまざまの人々への、ジーン・ポーターの共感力、専門知識の豊富さ、視野と行動範囲のひろさに負うところが大きいのでしょう。

彼女は、〈家庭小説〉作家のなかでも、かなり恵まれている人でした。

その恵みが、やはり作品にも現れています。

それは、オルコットやモンゴメリが、作家として欠点があるとか、ジーンがエライとかいうことではありません。

ただ、〈家庭小説〉とひとくくりされがちな小説群だって、ひとつひとつ書いた、ナマ身の女流作家がいて、作家はみな、時代の制約のなかで、さまざまな環境や人生をせおいながら、自分に忠実に、もてるかぎりの武器をつかって、仕事していたということです。

私も、がんばらなくっちゃねえ。

いかず後家(ごけ)と、お母さんに非難されてもさあ。ちっ。

＊1　『ハイジ』（ヨハンナ・スピリ作　竹山道雄訳　岩波少年文庫刊）

＊2　『そばかすの少年』（ジーン・ポーター作　村岡花子訳　角川文庫刊）［のち、河出文庫］

ストーリーテリングということ

＊『若草の祈り』

『若草の祈り』（1906年作品　角川文庫刊）

作／E・ネズビット（1858〜1924）

イギリス生まれ。結婚後、経済的理由から著述業に専念し、40歳近くになって児童小説を書き出す。「バスタブル一家」もの3部作などの作品がある。

訳／岡本浜江（1932〜）

東京生まれ。共同通信社の記者生活を経て、翻訳業へ。パターソンの多くの作品のほか、『ふしぎなトーチの旅』『800番への旅』などの訳書がある。

〈家庭小説〉を読書ジャンルのひとつに入れていた私ではありますが、もちろん、読んでいない作家も、たくさんいます。

そのひとりが、イギリスの女流作家、ネズビットでした。

なぜ、読まなかったか。

理由は簡単、ネズビットの文体が、そのころ、私がなじんでいたモンゴメリのと違ったのです。

こういうところ、私もネチこい性格してると反省するのですが、そもそも〈家庭小説〉を読むきっかけがアン・シリーズだったために、本の読み方にも、ヘンなクセがついてしまっていました。

まず第一に、女の子像がはっきりしてないと、感情移入ができない。

第二に、ユーモアのある文章＝文体を楽しめないと、ピンとこない。

ネズビットの小説は、このふたつとも、なかなかクリアできませんでした。

彼女の書くヒロイン＝女の子は、みんなボワーッとしていて、いかにも個性がよわく思えたのです。

登場人物が三人ならぶと、誰がだれやら、わからない。

（読んでないのに、なぜわかるかというと、本屋さんの店さきで、買うべきか買わざるべきか、十数ページ、ペラペラ流し読みしていたのです。月五、六千円の本代が許されていたといっても、家庭小説ばかり買っていたわけじゃないから、どれを買うかは、やっぱりキビシく選んでいたのでした）

ネズビットは、ときどき小説の中から、ネズビット本人がじかに読者に語りかけるような口調で、物語をすすめてゆきます。

文字どおり、物語っているのです。

それはいいのだけれど、どうもメリハリがないというのか、ボーッとしてると、なんの話をしてるのか、わけがわからなくなるのでした。

ところが！

私の友人で、図書館の司書をしている人がいますが、彼女によれば、児童文学には〈ストーリーテリング〉というジャンルがあるといいます。

こどもたちを前にして、物語をおはなしして、聞かせるのです。

これは、うまい人はとことんうまく、ダメな人は、こどもたちがすぐにおしゃべりを始めたりして、かなり高度な技術がいるらしいです。

幼稚園にいたとき、〈おはなしの時間〉というのがあって、先生がお話をきかせてくれましたが、ああいう感じ。

あれを考えると、ネズビットの小説がどういうものかが、わかります。

彼女の小説は、作者ネズビットが、読者である私たちに、物語を〈ストーリーテリング〉してくれているのです。おはなしオバサン、という風情。

うーむ。

こう書いてきて、私って、家庭小説界の淀川(よどがわ)センセイ〔淀川長治〕みたいだなあ、と我ながらカンドーしてしまう。

高校生のころ、こうやって解説してくれる人がいたら、

（そうか。そういう種類の小説もあるのか。文体がどうの、キャラクターがどうのというより、お話そのものの流れに身をまかせて、ゆったり楽しめばいいんだ）

と目からウロコが落ちて、ネズビットだってなんだって、スラスラーッと読めたような気がする。

でも、あのころはクセのある村岡花子先生の翻訳が好きだったし、ユーモアのただよう言い回しなんかが、たまらなく好きでした。

こけもものパイやかぼちゃパイ、青いボイルのドレスや、豪華な白繻子(しろじゅす)の靴や、ちょっとチープな寒冷紗(かんれいしゃ)のドレス。

そういった、小物のこまやかな描写は欠かせなかったし、クセのあるキャラクター

や、ドンデン返しのあるドラマや。

そういったものとは、かなり毛色のちがうネズビットのおもしろさが、よくわからなかった。ああ、もったいないことした。

でも、これからネズビットを読もうというひとは、キーポイントがわかるでしょ？

そう。

つまりネズビットの小説はみんな、ネズビット伯母さまが、優しい口ぶりで、ひとつの物語をおはなししてくれるのです。

子供たちがベッドで眠るとき、優しいお母さんが枕元で、お話をしてくれるようなものです。

「それから、どうなるの？　ねえ、主人公はどうなるの？」

という声に誘われるように、こどもが飽きないように話してくれる。

よく考えたら、ディケンズだって『ピーターパン』[*1]だって、そういう文体で、これはイギリスの、伝統的な文学ジャンルといえるほどです。

ああ、私、大学で、英文学を勉強すればよかった！

そうすれば、もっともっと小説の楽しみ方がふえて、おもしろく読める小説もたくさんあったのにィ。

国文学なんていう、一行一行、エアシートの粒をプチプチ、ネチネチ、つぶすようなことやってたばっかりに、根がクラくなっちゃって、もうもう……——

ま、ま、しょうがないですけど。

おかげで、好きな平安時代の小説も、たくさん読めたし。

❤

さて。

そういうわけで、ストーリーテリングは、こどもを前にして物語ること。

こどもたちが、

「次はどうなるの?」

というのを待ちうけるように、ちょいちょいと味付けして、ストーリーを語ってゆくことです。

ところが、もし、そこにコマッしゃくれた子供がいて、

「あたし、それ、知ってるもん。次は、雨もりがするんでしょう。で、主人公は泣いちゃうんだ。だから、お母さんは壺をくれるんでしょ。あたし、知ってるも−ん」

といいだしたら。

ストーリーテリングは、おじゃんです。

お話をしらない子供たちはザワザワしだすだろうし、お話する人が、

「あらあら、お母さんがくれたのは、壺じゃなくて、洗面器だったのよ」

なんていったところで、他の子が黙ってはいない。

知ってるといった子供の髪をひっぱったり、オレだってしってるぞーと騒ぎだしたりして、収拾がつかなくなってしまう。

つまり、ストーリーテリングとは、

（次はどうなるか、誰もしらないというのを前提にして、成りたつ表現）

ともいえそうです。

このあたり、ミステリーによく似ています。

子供むけのストーリーテリングが発達したイギリスでは、一方でミステリーが花ざかりのお国柄ですけれど、こういうのも関係あるのかもしれません。

次がどうなるのか、誰にもわからない。

だから、次のページをめくりたくなる＝めちゃ、おもしろいドラマを書く作家を、ストーリーテラーといいますが、いかにもって感じです。

だが、しかし。

次がどうなるかわかってしまったら、興味がなかなか続かないのが、ストーリーテリングの痛いところ。

犯人がわかってしまって、なおかつ、次のページが楽しみなミステリーというのも、そんなにないですからね。（もちろん、例外はありますが）

だから、ネズビットのような作家の物語は、読んでいないひとに、ストーリーをあれこれ、しゃべるべきじゃないような気もします。私はただでさえ、おしゃべりですし。

『若草の祈り』は、原題が『鉄道っこ』。

ロバータ、ピーター、フィリスの三人の姉弟（きょうだい）（姉、弟、妹）がいて、優しいお母さまがいて、お役所に勤めるお父さまがいて、ロンドン郊外で、幸福な生活を送っていました。

いろんなことが起こって、三人はロンドン郊外をはなれなければ、なりません。

三人とお母さまは、田舎のスリーチムニー荘に移るのですが、ロバータたちは、村を走る鉄道を眺めながら、いろんな人たちと友達になります。

鉄道が走ってゆく田園風景を思い浮かべながら、どうぞ、三人の小さな生活の冒険を、そっと楽しんでください。

これは映画にもなっています。[*2]

近所に、大きなビデオレンタルがあれば、きっとあると思います。できのいい映画ですよォ。

原作には、こまかい描写がないだけに、どういう風景なのか想像しようもないですが、さすが映画は、舞台設定の時代にあわせて、最新の鉄道列車（SLね）が次々と出てきて、最高にすてき。ビデオのケースに、〈鉄道マニアがまっていた映画！〉なんて書いてありました。

ロバータたちの着ているペチコートを何枚も重ねたようなスカートや、編み上げ靴や帽子や。

ロンドン郊外で幸福に暮らしていたころの室内やインテリア、スリーチムニー荘のある田舎の田園風景など、みどころがいっぱいです。

ぜひぜひ、本も映画も、手にとってください。

❤

しかし、私は今、やっぱり勉強しなきゃいかんなあと感動してるのですが、こういうエッセイを書こうと思わなきゃ、ネズビットはたぶん、読まないままだったと思うのです。

で、ネズビットを読まなきゃ、ストーリーテリングとはなにか？ なんてことも、あんまり、ネチネチ考えなかったと思うのです。

私は、べつに〈家庭小説〉ばっかり読んでたわけじゃないですが、何度も書いているとおり、ともかくケチだったから、本を一冊買うのでも、深慮熟考していました。当然、買ったからには、ぜがひでも楽しいと思いたいし、何回も読み返せる本であってほしい。一粒で、三回おいしくなきゃ、イヤでした。

そういうわけで、私の頭のなかには、

(おもしろい本とは、何度も何度も、読みかえせる本のことだ)

みたいな信仰、思いこみ、確信みたいなものが灰色の脳のシワシワに、プリンティングされてしまっていたようなのです。

おもしろい本はほんとに、何度読んでも飽きないから、おもしろい本＝読みかえせる本というのは、それはそれで正しいんですけれど。

でも、本のおもしろさには、まるで競馬の大穴みたいに――こういうのは、あんまりいい表現じゃないな、つまり運命の恋みたいに、

(ドカンと一発！　燃え尽きて、これっきりっ！)

みたいなものが、あってもいいんじゃないかと。

いま、ぼんやり、そういうことを考えているのです。

たまたま、さっき読んだ週刊誌『サンデー毎日』(1990年9月2日号)の新刊案内に、北上次郎(きたがみじろう)さんて評論家が書評をのせていらっしゃいます。

私はかつて、キタガミ氏に、かなりキッーい書評をされちゃったことがあって、恨みかさなるキタガミ氏ではあるのですが、彼はケン・グリムウッドの『リプレイ』というSF小説を評して、

「(この作品は)ワン・アイディア小説なので、(中略)再読には耐えないかもしれないが、一回こっきりの読書の至福というものだってあるのだ」

と書いて、絶賛しています。

このセリフ、なぜか恋人の甘い囁(ささや)きのように、胸に響くなあ。

私は小説やエッセイを書くときも、最後まで読み終わったら、もう一度、読者のみなさんが好みのページに戻って、ひっそり楽しめるよう、つまり、

(再読に耐える)

というのを頭において書いてるつもり(あくまで、つもりね)なのですが、こういうのは、えてして用心ぶかい書き方になってしまう。

テンポが消えて、モタついてしまう(ような気がする)。

私はじつは、独特のリズムさえあれば、モタモタしたテンポの文体も大好きで、その代表選手は森茉莉(もりまり)さんのエッセイですが、こういう、

(○○のような文章が好き)

という文体へのコダワリは、モノを書くときに、けっこう重荷になります。

好みの文章をみつけるために、わりに苦労するのです。（キタガミさん、私、これでも苦労して書いてますのよ、さぞ意外でしょうね？）

苦労するのは、私が凡才のせいもありますが。

書きたいことがあっても、ピタリとくる文章（文体といえるほどのものではナイ）が見つからないばっかりに、ああでもなし、こうでもなしと書き直しているうちに、ストーリーはぐちゃぐちゃになってくるし、カーッと頭に血がのぼってきて、

「ああっ、だいたい、あたしがモノを書くのが間違ってるのよ。どういう経験があったっていうのよ。どういう知識があるというんだ。もうダメ限界。才能なんか、ないのよーっ。運と勢いだけで、本をだしてきたのよーっ！　いままで読んでくれた読者は、ダマされてたのよーっ」

とヒスってしまうのが、すでに日常化しています。

ＢＦやら友人やらに泣きついて、

「あんたは天才！　才能がある！　すごいなあ。感激するなあ」

とひとしきり褒めてもらって、

「ほんと？　ヒスの相手するのがイヤだから、そういうこと、いってるんじゃないの？　ほんとにそう思う？　どこがいいのよ。あなたのこと、信じられないわ。口がうまいんだから。いいところ、具体的にいってよ」

とするどく問い詰めて、相手がしぶしぶ口ごもりつついう、その内容なんかろくすっぽ聞いてなくて、顔つきや口ぶりに注目していて、

(これは、ウソではないかもしれない……)

と思うほどに心も落ちつき、ようやく立ち直って、シブシブ書きだす毎日なのです。モノ書き商売も、ラクじゃない。

それというのも、読み返したときに、もう一度、おもしろいか。

読み返して、ますますおもしろい、なんて書き方はないのか、そういうことをグズグズ、クヨクヨ考えてるからじゃないかなあ。

ここは一発、

(読みきって、これっきり!)

(再読には耐えないかもしれないが、一回こっきりの読書の至福!)

みたいな、ストーリーテリングそのものの楽しさを、追求してみてもいいんじゃないかと。

今、そういうことも考えています。

うーむ、なんか楽しくなってきたなあ。

小説は、読むのも書くのも、楽しい作業です。ただひとつ、シメキリがなければね。

＊1　ピーターパンの本は数多く出版されていますが、角川文庫からは『ピーターパンの冒険』（J・M・バリ作　秋田博訳）のタイトルで刊行されています。
＊2　映画『若草の祈り』（The Railway Children　ライオネル・ジェフリーズ監督　ダイナ・シェリダン他主演　'70年イギリス作品）のビデオは'89年で契約が切れたため現在は発売されていませんが、つい最近（'90年10月）NHK衛星第2テレビで放映されました。

軽やかなワルツみたいに

＊『少女パレアナ』

『少女パレアナ』（1913年作品　角川文庫刊）

作／エレナ・ポーター（1868〜1920）

アメリカ、ニューハンプシャー州生まれ。生まれつき病弱だったため、少女時代戸外生活を送る。音楽を学び、24歳で結婚。その15年後に『潮流の転回』を出版。以後『ミス・ビリー』『ミス・ビリーの決心』『パレアナの青春』『スウ姉さん』などの名作を書き上げた。

訳／村岡花子

『少女パレアナ』の著者は、エレナ・ポーター、といいます。

私は長いこと、ジーン・ポーター（『リンバロストの乙女』の作者）と、エレナ・ポーターは、ブロンテ姉妹かなにかのように、姉妹か、イトコだと誤解していました。

こういう誤解は、今となれば、

「訳者あとがきを見れば、アカの他人だと、わかるじゃないか」

となるのですが。

ふしぎなことに、思いこみというのは、そういうものです。

私のもとにも、

「ロック・シンガーの氷室京介（ひむろきょうすけ）さんとは、ご親戚ですか」

というのが、ちゃんとした十七、八歳の読者のみなさんから、どっと来た一時期がありました。さすがに、最近はありませんが。

もっとすごいのは、

「〇〇というドラマで、氷室ナントカという登場人物が出てきたけど、あれはきっと、氷室さんの名前を使ったんですね」

なんていう、ありがたいお手紙も、いただいちゃったりする。

世の中に、氷室という名まえは、そうめったになさそうですが、やはりあることはあるわけで、なのに、氷室＝氷室冴子という発想があること自体、よほど強烈なプリンティングがあるわけです。こういうのは、やはり嬉しいものです。ふむ。

さて、このエレナ・ポーターさんですが。

彼女の名まえは知らなくても、『少女パレアナ』を知っている人は多いはず。

今、この本を読んでいる人が十代だとすると、知ってるハズもないですが、もし、お母さんが読書好きな人だったら、ちょっと、お母さんに聞いてみてください。

『少女パレアナ』ではなく、『ポリアンヌ』の名まえで、知っているかもしれません。

この小説は、かつてディズニーか、はたまたBBCあたりか、そこはよく覚えてないのですが、劇映画になりました。

二十年ほど前、日本でもTV放映されてます。

私がよく見ていた、シートン動物記の劇映画なんかとおなじ時間帯で、三十分ドラマ帯だったから、ディズニーの劇映画だったような気がするのですけれど。

というわけで、高校生のころ、おなじみの目録文庫で、この小説のタイトルをみつけたとき、すぐに、

(あ、あのテレビの原作かも)

と思いあたりました。

そして、取り寄せてみたら、ドンピシャリだった——というわけです。

そのせいか、私の中にあるパレアナ＝ポリアンヌの印象は、とても映像的です。アメリカの歴史ある小さな街角。馬車。襟もとにフリルのある、スカートからペチコートがのぞいたようなドレス。大きなつばひろの帽子。

独身の美人の叔母さん。人形のようにかわいいパレアナ。

レンガや、石造りのかわいいお屋敷。エプロンドレスの小間使い。

こういった舞台装置は、〈家庭小説〉の定番といってよいほど、おなじみのもの。

でも、こういうものを映像で知ってるのと、ぜんぜん想像もつかないのでは、本を手にとるパワーが違ってきます。

かくれた家庭小説ファンのなかには、

「映画化やアニメ化なんかされても、イメージどおりになったためしがないし、小説だけでいいわよ」

という人もおられるでしょう。

でも、ひとりでも多くのひとに読んでもらうためには、映画化、アニメ化というのも望ましいことです。

私は見てませんが、かのカルピス劇場かどこかで、アニメ化されたというけれど、ほんとうでしょうか。だったら、ますます話が通りやすい。

これは、どんなことでも〈喜びの遊び〉にしてしまう少女、パレアナの物語です。

たとえば、手を怪我するとする。

すると、足も怪我していたら大変だったから、

「手を怪我しただけなのは、嬉しいわ」

となるわけです。

こういう、あたかもギリシアの詭弁家みたいな論法で、どんな困難もよろこびに変えてしまう少女が、現実にまきおこすゆかいなドラマが、『少女パレアナ』です。

❤

だが、しかし。

すでに、高校生で読んだときから、

(なにか、いかがわしい。デキすぎてるのよ、こういうコって……)

とぼんやり感じていたくらいですから、今読みかえしても、このパレアナのキャラクターにはキワドいものがあります。なかなか……。

この本が発表された1913年(日本では大正二年)、圧倒的な支持をえたという伝

説の物語も、時代や国情の違いがあって、今の時代では、スンナリと共感しにくい。

では、共感しにくい物語の、ドコがおもしろいか。

ずばりいって、それはエレナ・ポーターが、数ある家庭小説作家のなかでも、とても軽やかなテンポをもったストーリーテラーだ、ということに尽きます。

ともかく、次のページをめくらせてしまうのです。

モンゴメリのような大仰（おおぎょう）な風景描写や、オルコットのような、ちょいと臭う教訓くささがない。

だから、スラスラ読めてしまうのです。

それはエレナ・ポーターが、オルコットやモンゴメリと違って、

（小さなころから作家をめざしていた、わけではなかった）

ことと、すこしは関係があるかもしれません。つまり、あまり文学的なコダワリがなかった。

モンゴメリは、アンの評価が高まる一方で、文学的な評価は思ったほどえられず、モンモンしていました。

オルコットは、ご近所に、かのアメリカ文学史にサンゼンと輝く、ホーソンやエマーソンなんかが住んでいて、彼らの子供たちといっしょに遊んでたくらいですから、やはり文学的な野心がありました。

それにくらべると、エレナ・ポーターは、作家になりたいという野心もないまま、二十四歳で結婚。

そのあと、結婚十五年目にして、処女作を発表したそうです。

もちろん、だからといって、小説への情熱がうすいとか、そういうことではありません。

それどころか、彼女はこどものころから、ずいぶんと病弱で、高校も中途退学して、療養生活につとめていました。

そういう経験は、パレアナが大怪我をして、寝たきりになってしまう設定や――やはり足の不自由な少年、本だけを友にしている内気で聡明なジェミー少年の描写なんかに、あらわれています。

そうして、たぶん――ここからは想像ですが、病弱で学校も退学しなければならなかったエレナは、本をたくさん読み、いろんなストーリーを空想することで、退屈をまぎらわせていたのでしょう。

体が回復したあと、ニューイングランド音楽院で、音楽を勉強していますから、芸術的な才能のある、知的な女性だったはずです。

そういった女性が、結婚して十数年たち、四十歳前後の中年婦人となり、なにか書いてみたいという野心をおさえられずに、筆をとったとき。

思うさま、空想の翼をひろげていったに違いありません。

その軽やかさ。

しかも中年をすぎて筆をとったことで得られる、おっとりした感触。長い修業時代や挫折をそんなに味わわなかった、こだわりのなさ。

それらが、エレナ・ポーターの作風なのです。

彼女は、まず最初に生活苦ありで、貧しさや病気のなかで、借金をかかえながら、家族の生活をささえて書きつづけたオルコットとは、違う出発点にたっています。

オルコットがはじめて原稿料を手にしたのは、十六歳のとき。

しかも、それからは長い修業時代で、そのあいだに看護婦をやって体をこわしたりしたそうですが、そのあともいろんな小品を書きつづけては挫折をくりかえして、『若草物語』で成功するのは、三十六歳のとき。書きはじめて、じつに二十年の歳月が流れています。

一方のモンゴメリも、小さなころから作家を夢みて、せっせと小説を書きつづけては出版社におくり、ボツをくらっています。

自伝を読むかぎり、そんなに貧乏という感じはしませんし、大学で勉学したほどですから、当時としても最高の教育を身につけたキャリアウーマンでしたが、そのあと教壇に立つというのは——やはり、その時代には、生活費を自分で稼ぎだす職業婦人として、やや軽くみられていたようです。

オルコットの『八人のいとこ』にも、ローズが通っていた学校を評して、
ローズのように親の遺産がついている娘には、あれは決して、てきとうな学校とは思いませんでしたね。教師になるとか、そのほか何かの職業について、働いて食べていかなければならない娘たちには、役にたつ学校ですけれど。

というセリフがあるほどです。

生活力のある夫を捕まえられずに、自分で働いて生活費をかせぐのは、ちょっと劣っている女性とみられたわけです。

モンゴメリは、教壇に立ったあと、一年ほど女性新聞記者として、校正係などもやっています。

文学好きな女の子にとっては、それもまた心おどる経験ではあったでしょうが、やはりお祖母(ばあ)さんをひとりにしておけないので、村に戻ってきます。

愛すべき、しかし、噂ずきな婦人たちに囲まれた、いやになるほど現実的な世界で、文学的野心をひめながら、小品を書いてはボツリ、書いてはボツりしていたモンゴメリ。そういう彼女だから、村の生活が、あそこまでリアルに描けるのです。

エレナには、モンゴメリのユーモアにあふれた、リアルでこまやかな人物描写や、オルコットがもっている背筋の強さのようなものは、やや欠けています。

ただし、はっきりしたテーマに向かって、いくつもの小節が響きあいながら、次から次へと展開してゆくリズム感、テンポのよさがあるのです。

むつかしい言い回しもなく、ペダンチックな引用もない。

いくぶん教訓くさくはあるのですが、それはたぶん、この時代の、しつけのよい家庭婦人なら誰もがもっている宗教的常識、良識のたぐいでしょう。

貧しさと闘ったオルコットや、現実と文学的野心のはざまで揺れていたモンゴメリがもっている闇の部分——三十をすぎた私なんかには、それも好ましいものですが、エレナ・ポーターには、そういった屈折はあまり感じられません。（しかし、なかなか小意地の悪そうな感じもしますが）

家庭小説の定番役者、グチっぽいオバサン連中も出てくるのですが、いやになるほどリアルというより、どこか紋切り型です。

演じるべき役割を、きちんと演じているというようなたたずまい。

それが、ものたりなくもあり——

かえって軽やかで、楽しいともいえる。

評価がわかれるところかもしれません。

私は、エレナ・ポーターの描くキャラクターはイマイチですが、ストーリーテリングの軽快さ、テンポのよい展開がすきです。

彼女の音楽的な経験は、『スウ姉さん』[*1]でよく描かれていますが、エレナ・ポーターの作風をひとことでいうなら、こころよいポルカ。

あるいは、テンポのはやいワルツといったところでしょうか。

この作品が、映画やミュージカルになって愛されたというのも、よくわかる、軽やかで都会的な作風なのです。

❤

パレアナは早くに母を失い、今度また、お父さんまで死んでしまったので、お母さんの姉、パレー・ハリントンのもとにひきとられます。

ところが、このパレー叔母さん。独身で、独身の中年婦人にありがちで、とても怖そう。（劇映画では、かなりの美人で、よい人でしたが）

パレアナをひきとるのは義務であって、愛情ではないと断言します。

パレアナは、きっと快く迎えていただけるだろうと思ってきたので、パレー叔母さんが、

「義務だからね」

と連発するごとに、傷ついてしまいます。

でも、〈喜びのゲーム〉をすることで、日々の生活に、楽しいこと、嬉しいことを発見して喜びます。

喜びながら、パレアナはいろんな人々に出会います。

ペンデルトン丘のお屋敷にすみ、三度三度の食事をホテルにしにいく、偏屈な、お金持ちの中年紳士、ジョン・ペンデルトン。

彼がいつもむっつりと散歩しているのもかまわず、パレアナは、

「こんにちは。よいお天気ですね」

なんて声をかけます。

無視されても、無視されても声をかけ、とうとう三度目に、

「おまえは、だれなんだ」

と怒鳴られると、

「あら、初対面ですわ。でも、こうしてお話できたから、これからはお知り合いですわね」

とにこやかに答えます。

こういうところ、まあ、確かに善意のかたまりの少女なのですが。

もし、私が迫りくるシメキリとか、分割で支払う税金のこととか、一年ごしで整理できていない本をどうするかとか、贈呈本のお礼状を出しそびれてしまってどうしようとか、男友達の電話がこなくて、どうやってとっちめてやろうとか。

そういった、人生を左右する深刻な問題に頭をなやましながら、うわのそらで歩いてるとき、こんなふうに、しつこく話しかけられたら、

（この、うっとうしいガキがっ！）

と思ってしまうかもわからない。

こういうパレアナの性格は、孤児のジミーに出会って、ジミーが、

「おいらは、家がほしいんだい」

というやいなや、

「あたしもお父さまが死んで、でも、叔母さまがひきとってくださったのよ。そうだわ、叔母さまはきっと、あなたも引きとってくださるわ」

とひとり決めして、さっさとジミーを連れてゆくエピソードにも、よく現れています。

叔母さんがボーゼンとして、

「とんでもないことだよ、そんな汚い子を引き取るだって⁉」

と怒るのもよくわかるし、それを聞いたジミーがプライドを傷つけられるのも、も

っともです。

　私みたいなトロい人間でも、大人になって経験をつんでくると、善意のおせっかいは、悪意ある中傷と同じだけ、危険なものだというのがわかってきます。

（悪意がない）

というのは、ややこしい現実においては、救いようがないということに、限りなく近い。

　こういうパレアナのキャラクターを、すんなりウケいれるのは、なかなか難しいものがあります。たとえ、相手が小学五年生、十一歳のこどもであってもね。むしろ、パレアナにいつもびっくりさせられる、周りの大人たちに、ついつい同情してしまうほどです。

　だが、しかし。

　気むずかしやのペンデルトンや、孤児ジミー、町医者のチルトン先生、パレー叔母さんやパレアナといった人物は、いつしか、しらずしらずの間にロンドを踊りだしているのです。

　ここが、ストーリーテラー、エレナ・ポーターの面目躍如（めんもくやくじょ）たるところ。

　それがいっきに、パレアナの交通事故→脊髄（せきずい）損傷で、下半身マヒという事態にいたって、すべてが大団円にむかって、動きだします。

それは予定調和の優しい安堵感にむかって読みすすむことであり――エレナの作風が、こころよいワルツのようだという意味でもあります。

そしてワルツのあとには。

同じテーマによる変奏曲、続編の『パレアナの青春』があるのです。

❤

パレアナは、療養のカイあって、なんとか歩けるようになります。

そこの療養所の看護婦をしていたデラ嬢が、姉のカリウ夫人を訪ねるところから、『パレアナの青春』は幕をあけます。

こうしたヒキの強い始まり方も、エレナの力量のあるところ。

デラ嬢は、姉を愛しているのですが、たっぷりの遺産をもちながら、さびしく暮らして、不平不満ばかりの姉には、困ったもんだと思っています。

すこしでも楽しい話題をと、デラ嬢は、パレアナの話をもちだします。

ところが、カリウ夫人は、うっとうしがるばかり。

(まったく、この家にいたら、カビくさくなっちゃう)

デラはぷりぷりして、すぐに家を出てしまいますが。

いろんな事情で、カリウ夫人は、パレアナを預かることになります。

ここの前後に、かなり、エレナの作家としての気づかい、心配、配慮がひそんでいます。

看護婦のデラ嬢が、姉のカリウ夫人のために、

「ぜひともパレアナを貸してほしい。パレアナなら、姉を変えられるでしょう」

とパレー叔母さんたちに手紙を書くのですが、パレー叔母さんは、夫に（そう。パレー叔母さんは、登場人物のだれかと結婚してるわけです）、

「もし、あの子が、わざと、いい子ぶろうとしたり、ほかの人のお手本になろうとしたりしたら、もう、だめですからね。それこそ、『こましゃくれた』『生意気な子供』になってしまいます」

というのです。

このあたり、さすが中年になって筆をとったご婦人だけあって、自分が生み出したヒロイン、パレアナがもっているアヤウさ、欠点、世間にどう見られるか、というようなことを、よくご存じのふうです。

『少女パレアナ』は、雑誌に週刊連載されたといいますから、好評とはべつに、ちょっとした批判もまた、リアルタイムで耳に入っていたのかもしれません。

それを逆手にとったような、この一節。

ふつうの読者は見逃すかもしれませんが、私はちょいと、チェックが入りました。
(エレナはけっこう小意地が悪いというのは、こういうところなんかです。なかなかのものです)

さらにまた、パレアナを一度は預かるといったものの、はやくも後悔してしまって、しぶしぶパレアナを迎えにいったカリウ夫人に、

「あたし、人間が好きなんですの。だれでも、どんな人間でも好きです」

とパレアナがいいます。

カリウ夫人はすぐに、

(そら、はじまった。これから生意気に、お説教しようっていうのね。人を嫌わずに、誰とでもつきあわなければいけないって)

と思います。

パレアナはもちろん、そんな正面きった説教はせずに、ぜんぜん違うことをいってカリウ夫人を拍子抜(ひょうしぬ)けさせるわけですが。

しかし、このカリウ夫人の苛立ちは、けっこうパレアナのキャラクターの弱点をおぎなっているのです。

この文章がはいり、この文章を否定するように、パレアナが説教をはじめず、それどころか、ペラペラ、かってなおしゃべりをはじめるので、

（パレアナは、生意気な子ではない）

と、読者に印象づける役わりをはたしているわけ。

なかなか、小技をきかせた、うまいやり方です。

でも、どういう技をきかせても、やっぱり、かなりクサいコです。

高校時代には、ストーリーの楽しさゆえに、許していたつもりのパレアナなのですが。

今回、読み直してみたら、そのクサいところが、いかにも家庭小説してるので、笑っちゃいました。愛すべき少女のひとりです、やはり。

それでいえば、エレナのストーリーは、孤児が出てきたり、貧しい女の子が、ヒロインの協力で、教育をうけて自立できたり。

そうかと思うと、あれよあれよって間に、パレー叔母さんの夫が死んだり、ついでにパレー叔母さんが破産状態になってしまったり。

最後には、身分違いの結婚問題がでてきて、運命的な出生の秘密があきらかになり——といった調子で、まことに、

（らしい）

仕上がりです。

そもそも、パレアナが交通事故にあうというのからして、この時代からすれば、か

なりナウいアクシデントのはず。なかなか冒険精神にあふれた話づくりです。

　こまごましたメニューの描写もないし、小物やドレスの描写もさらーっとひとおりで、少女っぽい感傷や、つい筆がすべったような甘ったるいロマンチシズムが、あまりないのも、エレナ・ポーターの作品の特長。

　そういうところ、かえって今の読者には、テンポがよくて、おもしろいかもしれません。

　きれいな銀の指輪をはめたような、老練な指さきで語られるストーリーの楽しさを、ぜひ、味わってみてください。

　夏休みの家族むけミュージカルなんかには、うってつけの物語なんですよ、舞台関係者のみなさーん！

＊1　『スウ姉さん』（エレナ・ポーター作　村岡花子訳　角川文庫刊）［のち、河出文庫］

ミスターの魅力

＊

『少女レベッカ』
『レベッカの青春』

『少女レベッカ』（1903年作品　角川文庫刊）
『レベッカの青春』（1907年作品　角川文庫刊）

作／ケート・D・ウィギン（1856〜1923）
アメリカ、ペンシルヴァニア州生まれ。3歳の時に父を失い、母と妹の3人で農村へ移り住む。その後幼児教育を学び、幼稚園と保母学校を開設した。『バード家のクリスマス・キャロル』『パッシー物語』『ティモジーの探険』などの作品がある。

訳／大久保康雄（1905〜1987）
茨城県生まれ。翻訳家。『風と共に去りぬ』『誰がために鐘は鳴る』など訳書多数。

いつだったか、赤川次郎さんの小説の解説に、新井素子ちゃんがとても面白いことを書いてました。

主人公の女の子には、〈飛びこみ型〉と、〈巻きこまれ型〉があると。

飛びこみ型は、自分から事件に飛びこんでゆくタイプ。

巻きこまれ型は、自分ではそのつもりがないのに、しらずしらずの間に、事件にまきこまれてしまうタイプ。

ちょっとニュアンスは違うかもしれないけれど、そういうことでした。

それを読んだとき、うまいもんだなー、さすが素子ちゃん、と感心した覚えがあります。

世の中には、いろんな人がいて、事件がおころうがなにがおころうが、タンタンとしている唯我独尊タイプもいて、早い話、シャーロック・ホームズなんか、もちこまれる事件を、あーだこーだと演説してればいいんだから、この手のアームチェア探偵などは、唯我独尊タイプといえないこともない。

しかし、まあ、こんなのは特殊で、だいたいが、

（飛びこみ型）

（巻きこまれ型）

ふたつがごっちゃになった、

（飛びこみ・巻きこまれ型）

といえそうです。

飛びこみ・巻きこまれ型といって、ふと思いつくのは、たとえば『あしながおじさん』。

孤児院育ちのジュディーが、ふとしたことから大学に行かせてもらえることになり、大学寮にはいって、後援者のおじさまに手紙を書く。

その手紙形式の小説が、『あしながおじさん』ですが。

これなんか、あらたな世界の大学に飛びこんで、見たこと聞いたことを書くわけだから、かたちとしては飛びこみ型。

ところが、大学や寮で、いろんなことに巻きこまれたり、もっと大きな、ジャービスさんをめぐる人間関係に、しらずしらずのうちに巻きこまれているのだから、結果的に、巻きこまれ型ともいえるわけです。

飛びこみ型と、巻きこまれ型。

どっちがおもしろいかは、それこそ作家の力量にかかっていて、なんともいえませんが、〈家庭小説〉に限っていえば、ふしぎと、飛びこみ型が多い。

　これは、主人公と、読者の目の高さをおなじにして、読者を作品世界にさそいこむための手口なのです。

　読者が、これからどんな物語がはじまるのかとワクワクする気持ちと、ヒロインが、

「これから行くところは、どんなところかしら。あ、見えてきたわ。まあ、あのお屋敷が？　なんて素晴らしいんでしょう！　きっと、素敵なことがまっているわ」

と思う気持ちがピッタリあえば、物語のすべりだしとしては、モアベター。

　そういう小説のノウハウテキストが、百年前からあったわけでもないのに、けっこう、前述のような始まりの家庭小説は多いようです。

　つまり、主人公が、なつかしい故郷や、それまで住んでいたところから、あらたな物語の舞台に〈ただいま移動中！〉というはじまり方です。

　エレナ・ポーターの『少女パレアナ』も、オルコットの『昔気質（むかしかたぎ）の一少女』も、『赤毛のアン』だって、ちょっと前置きが長いとはいえ『秘密の花園』も。

　ヒロインの登場はすべて、〈ただいま移動中！〉。

　馬車や、船、鉄道と（さすがに飛行機はない）、さまざまな交通手段で、彼女たちは物語世界に、飛びこんでゆきます。

　その代表選手が、『少女レベッカ』。

なにせ、ガタガタ動いている馬車にヒロインが乗って、ご登場なのです。

❤

おなじみの出版目録に、『少女レベッカ』『レベッカの青春』というタイトルを見つけて、

（このタイトルからして、家庭小説だな）

とアタリをつけて注文して、本が届いて、読みはじめたとき。

私はふしぎな思いに、打たれたものです。

馬車に乗ってやってくる女の子。

しかも、駅者（ぎょしゃ）のコブおじさんを相手に、ペラペラペラペラ、よくまあ、しゃべること＝『赤毛のアン』そのもの。

ヒロインを迎える人たちが、心から歓迎するというふうではなかったこと＝『赤毛のアン』『少女パレアナ』。

エンマ・ジェーンという、レベッカを心から崇拝する友人ができたこと＝『赤毛のアン』のアンとダイアナみたい。

きついミランダ伯母さまのしうちに耐えかねて逃げ出したレベッカを、やさしく慰

めてくれるコブおじさんとおばさん＝『リンバロストの乙女』のウェスレイおじさんみたい。

すごい年上の、しかもヒロインに心よせる男性があらわれて、あたたかく見守ってくれる＝『あしながおじさん』。

こんなふうに、あげれば、キリがありません。

『少女レベッカ』には、それまでに読んでいた家庭小説のエッセンスのようなもの、とても懐かしい寄木細工のような印象がありました。

（いろんな小説の寄木細工）

というのは、ほかの小説をマネたということではありません。

『少女レベッカ』が発表されたのは、１９０３年。オルコットよりは遅いですが、アンが書かれたのと、時期的には大差ありません。マネってことはないでしょう。

いろんな小説のエッセンスが集まっていると思ったのは、たぶん、この物語が、とてもオーソドックスな家庭小説だからなのでしょう。

ただし、レベッカというヒロインは、ちょっと毛色がかわっています。

厭味なほど明るいとか、デキすぎてるほど優等生だとか、そういう性格の問題ではなく、むしろキャラクターとしては、あまりクセのないほうですが、ただ容貌の描写が、この種の小説には珍しいくらい、印象的なのです。

レベッカという異国ふうな名まえにふさわしく、くるくると巻き毛のおおい黒い髪。その髪にまけないくらい、ふしぎに輝く黒い瞳。

容貌がはっきり描写されているのは、やはりアンで、赤毛で、そばかすが多くて、背がすらりとしていて、形のよい鼻とアゴをしている——と、まことに多彩に描写されています。

しかし、この黒い髪、黒い瞳という、なにか南方系の血がまじっているのを思わせるレベッカの容貌の印象ぶかさには、さすがに迫力負け。

『少女レベッカ』といえば、わたしはすぐにこの、黒い髪、黒い瞳を思いだして、

「ああ、あの子……」

となつかしくなるほどです。

黒い髪、黒い瞳はまた、〝底にひめた情熱〟というものを暗示させます。

事実、レベッカは意志がつよいとか、プライドが高いという、これひとつというくっきりした性格よりは、どこか情熱的な——もやもやした、ふしぎな魅力をたたえています。

(誠実で、やさしく、神さまに恥じないおこないをして、ユーモアと善意のあるコなら、すごい美人というのじゃなくても、よいのよ)

ふうの家庭小説ヒロイン群にあって、顔かたちでキャラクターが決まってしまって

いる、珍しいコなのです。

といっても、すごい美少女というわけでもなく、ただ印象的な容貌だとしか、いいようがないのですが。

私のイメージにあるのは、イタリア・ルネッサンスの宗教画にあるような、ちょっと異国ふうの顔だちをしたコです。

さしたるドラマもないオーソドックスな家庭小説なのに、私はなぜかレベッカが大のお気に入りなのですが、それはもしかしたら、彼女の肩にこぼれ落ちる黒い髪と、こちらをまっすぐに見ている黒い瞳のせいかもしれません。

❤

レベッカはサニーブルック農場そだちの、かわいい女の子。

でも、お父さんが死んでしまって、こどもは七人もいて、農場も借金のカタに押さえられている生活苦なので、お母さんはこどもをひとり、オールドミスの姉たちにあずかってもらうことにします。

ふたりの伯母さんたちは、どうせ預かるなら、家事をきちんとこなす長女ハンナを……と思っていたのに、やってきたのは、おちつきのないレベッカ。

ミランダ伯母さまとジェーン伯母さまのうち、ジェーン伯母さまはレベッカを気に入ったのですが、ソーヤー家を仕切っているのは、ミランダ。

そのミランダは、レベッカが気に入りません。

それでも、レベッカはソーヤー家に迎えられ、元気に、学校に通いはじめます。

レベッカの頭には、激しく愛するサニーブルック農場と、お母さんたちのことしかなく、ミランダ伯母さまたちに預けられたからには、なんとしても勉強して、〝出世〟して、たくさんお金を稼いで借金を返して、借金のカタになっているサニーブルック農場を、自分たちのものにすることしか、ないのです。

レベッカはソーヤー家にあずけられてから、10キロからの道のりを、学校に通いだします。

近道をして森を抜け、草をはんでいる牛に手をふったり。森のなかの細い川を、石から石へと飛びつたったり。あたりに咲いているキンポウゲや、いい匂いのするシダが繁った、小さな森をいくつも抜けたり。

そうやって、幸福な通学路を楽しみながら、学校にゆくと、〝出世〟のための、楽しい勉強がまっている。

勉強は、レベッカにとっては、愛する家族やサニーブルック農場を救うために必要なことで、イヤなことではありませんでした。

教えてもらうことは熱心にきき、熱中して作文を書くレベッカは、水をすいこむスポンジのように、なんでも吸収してゆきます。

向学心に燃えた、一本気で、明るくて、ふしぎに印象にのこるレベッカ。

この物語には、やたらと学校のシーンや、レベッカの勉強の成果——手紙や作文なんかが出てきますが、これはどうやら、作者のケート・D・ウィギン女史が、保母さんを養成する学校を経営していたことと、関係があるみたい。

作者の趣味というのか、専門分野の興味が、ついつい出てしまうらしいのです。正直いって、そこはあんまり……——まあ、読むひとの好きずきですけれどね。

それはともかく、学校はイヤではないし、エンマ・ジェーンなんていう、

「あんたは絵のように、きれいよ」

といって、レベッカを崇拝してくれる友人もできる。

けれど、レベッカはミランダ伯母さまを好きになれず、ミランダ伯母さまもレベッカを愛せません。

そしてある日、とうとう、ふたりがぶつかります。

ミランダ伯母さまに、死んだお父さんのことを、

「ミス・ナンシー（めめしい男）」

と侮辱（ぶじょく）されたレベッカは、情熱的に怒り、サニーブルック農場に帰ろうと、こっそ

り家出して、コブおじさんのところにゆきます。

コブおじさんの機転で、レベッカは家出をやめて、もう一度、ソーヤー家にこっそり戻るわけですが。

カッとなって、こっそり家出してしまう激しい性格。

けれど、ちょっとしたことで、またやり直してみようと思う単純さ。楽天的な性格。根っからの明るさ。

なにがどうということもないヒロインなのに、ほんとうに魅力的です。

私には、父方母方、それぞれにごっそりイトコがいて、中学生のころ、生まれたばかりのイトコの名付け親になったくらいですから、身近にゴロゴロ、幼児をみてきました。

赤んぼう↓幼児↓児童↓少年少女になってゆく過程を、リアルタイムで見ていたせいか、母親でもないのに、こどもが成長してゆく過程が、なんとなく肌でわかるような感じがします。

そんな私からみると、レベッカはほんとうに、〝らしい〟コです。

無理がなく、作家の筆で、ストーリーやテーマのために、デコレイションされた部分が、あまりない。

レベッカがもっている激しさは、もしかしたら、ほんとうに南方系の血のせいかもしれないですが（父親の名が、ロレンゾォですし）、けれど一面、十一、二歳の感情のゆたかな子なら、ありがちのことです。

私がレベッカを好きなのは、その無理のなさ、自然さのせいかもしれません。作者ケート・D・ウィギンは、今でいう保母さんをやり、保母さんの学校までつくった人で、たくさんの子供をみているだけに、子供のエッセンスのようなものを知っているかのようです。

作者自身、はたして自覚して書いていたかどうかわかりませんが、おなじ作者の『ケレー家の人々』[*1]なんかにも、少女や子供の描き方には、優しいまなざしを感じます。

それは、自分の書くキャラクターに熱中しているというより、筆からにじみでる作者の人柄のように思えます。

ケート・D・ウィギンが信じた〝子供の可能性〟のようなものが、レベッカにはいっぱい詰まっています。

方向さえしめせば、なんでも吸収してしまう感受性や。

愛情をそそがれれば、太陽に向かってのびてゆく若木のように、みずみずしく成長してゆくだろう予感。

レベッカは友達思いではありますが、一面では、エンマ・ジェーンの想像力のなさに物足りない思いもするし、虚栄心がつよいわけではないけれど、美しいドレスには執着します。

そういったもの、丸ごとひっくるめて、レベッカは〝可能性のこども〟そのものなのです。

❤

と、ここまで書いて、頭を休ませるために、違う仕事にうつりました。

私はいま、高知を舞台にした小説を書いていて、登場人物はほとんど土佐弁をしゃべるという、すさまじいラブ・ストーリーを書いているので、当然、方言指導していただいてるセンセイがいます。

で、彼女と電話で打ち合わせを始めたのでしたが。

たまたま、話のついでに、このエッセイを話題にするに及んで、彼女はふいに、ぷりぷり怒りだしたのです。

「レベッカってゆうたら、あのエンマ・ジェーン！　あの子のあつかいって、あんまりじゃない。あればー、レベッカを慕っちゅうに、レベッカのほうはエンマ・ジェーンのこと、退屈なコだの、頭が悪いだの、なんだの、つめたく思いゆうだけでよ。あれは、ヒドイ！　想像力がなけりゃ、人間じゃないのかよォ！」

　彼女はいつも、眠たげな猫みたいな声で、音楽のようなイントネーションで、ぼわーんとした土佐弁をしゃべるのですが、このときは、立板にミズノフスキーでした。

「えー、でもアンだって、ダイアナのこと、すみれみたいに可愛いけど、その美しい顔にふさわしいほどには、想像力がないのが残念だとか、けっこう辛辣なこと、心の中で思ってるじゃないのォ」

「いや、アンは、ダイアナの想像力のないところも、ちゃんと認めちょって、それでもダイアナのことが好きで、自分の一番の親友だって思いゆうやんか。レベッカとは、ぜーんぜん違うわよ。

　ほら、クイーンに進学したとき、ステラってゆう、キレイで、想像力のある女の子と、アンが友だちになったとき、ダイアナがやきもち妬くやんか。けんど、アンは本心から、あんたが一番の親友よって、ダイアナにいうたろう？

　それにほら、ピンクの着られるダイアナのこと、マジで羨んだりしゆうし。アンとダイアナは、本当の友だちやんか？　それにくらべて、あのレベッカはさー」

「ピンクがにあったって、ダイアナは子供が生まれてから、ぶくぶく太っちゃうのよ。アンは、すんなりしたアゴしてるっていうのに。そこのあたりに、アンびいきのモンゴメリの意地のわるーい作為を感じるわ、あたしは」

「そりゃあ、ダイアナの存在証明が、とどのつまりピンクが着れるってことに尽きちゅうのは、むごいといえば、むごいけんどォ……」

といいつつ、彼女は電話のむこうで、どうやら、ふるい『少女レベッカ』をめくっていたらしいのです。

というのは、すぐにファックスが入ってきて、

P158に、〝たいくつな相手のエンマ・ジェーン〟と書いてある！

P170に、〝なにもいわない眼。個性のない鼻。傾聴にあたいする言葉が、かつて一言も発せられたことのない口〟と描写してる！

ここまで、没個性に書かなくても、いいじゃんかよー！

と、怒りの文字が、イラスト入りで踊っているのでした。原稿チェックして、方言指導していただく原稿の入りより、まだ早い！

よほど、エンマ・ジェーンの扱いが、腹にすえかねているご様子です。

私はコードレスホンをもって、ファックスから仕事机に戻りつつ、

「やっぱり、○○さんはさ、エンマ・ジェーンに自分を投影してるんだよォ。だから、興奮するのよ。ふっふっふ。その熱のいれようは、ただごとでない」

けっこう辛辣なことをいう。

「それはいえちゅうかもしれんねぇ。あたし、トロくて、ぼんやりしてるようなコには、ぜひとも、幸せになっていただきたいモン。とことこ、レベッカのあと、ついてまわるエンマ・ジェーンてさぁ、かわいいやんか。もう、いとしくて、いとしくて……」

「あたしもさ、十歳から十二歳くらいまで、女王みたいなコのあと、ついて回ってたから、かえって、わかるんだ。勉強ができて、いろんな遊びしってて、体育の時間のドッジボールなんかがうまい、女王みたいなコっているでしょう。あたし、すごーく憧れてて、そのコの子分みたいに、ついて回ってたもん。女王さまと自分を、同一視してるわけよォ。子供の世界って、大人からみると残酷だけど、女王さまと小間使いってパターンがあって、ふたりとも、けっこうそれが楽しかったりするじゃん。姉と妹といってもいいけどォ」

「ボケとツッコミとか？」

「それよ。レベッカはツッコミ、エンマ・ジェーンはボケで、このパターンは、アンとダイアナのこってりした関係より、よほどスッキリしてると思うなあ。子供の世界を、忠実に反映してるよ。エンマ・ジェーンは、あの没個性のところがいいのよ。あ
あいうコは、ほんと、心あたたまる子よ」

「あれで、あたたまらんかったら、救いがないやんか。だいたい、あのロリ・コンのアラディンだっけ、彼だって、レベッカとエンマ・ジェーン、ふたりに会うちゅうくせによ、なんかっちゃあ、『あの娘さんはだれでしたっけ。ぼくは、どうしても思いだせないな』とか、エンマ・ジェーンの名まえさえ、思いだせんらーて、あんまりやんか。かわいそうなエンマ・ジェーン！」

「それは、恋のなせるワザよ。だけど、まさか、あそこまでトントン拍子にいくと思わなかったよねー。だって、初めて出会ったとき、あの男、三十すぎの中年のオッサンよ。レベッカ、いくつだっけ」

「十二か、三で。すごい話でねー。『あしながおじさん』どころじゃないで、ホントに」

「あのパターンて、オードリー・ヘプバーンの主演映画とおんなじで、女の子とオジサマの典型だよね。どう考えたって、アラディンは、あの女教師いるじゃない、インスタントコーヒーみたいな名まえの。あのヒトも、へんにレベッカにひいきしてるけど、あの人とうまくゆきそうな感じなのにさ」

「なんながでね、あの保護者タイプの三十男の登場って。あそこまでいったら、源氏と若紫そのものやんか。ほら、死んだ母親の写真、ミョーに思わせぶりに、レベッカに見せたりとかよ。ほんと、イヤラシイ！　だいたい、あの男、どんな仕事しゅうがかも、よう、わからんし。お金持ちだっていう話やけんどよ」

「西部のほうで、石油でも掘りあてたんじゃない？　最後のほうで、鉄道をしくとかなんとか、そういうエピソードあったから、鉄道会社でも経営してるのかな」

「ひいきでねぇ。あたし、レベッカっていうたら、ともかく、めちゃくちゃ、作者にヒイキされてたヒロインて印象しかないわ！」

彼女は最後まで、主張しつづけていました。

ふーむ。

もしかしたら、わたしもまた、作中人物の人たちのように、レベッカにヒイキしすぎているのかもしれません。

右の会話に出てきたアラディン――

これは、レベッカがつけた愛称で、ジュディーが自分の後援者を、〈あしながおじさん〉と愛称でよんだように、保護者にはなぜか愛称がにあうようです。

魔法のランプをこするように、自分を助けてくれたオジサンを、レベッカは、

「あたし、あなたの名まえを知ってるわ。アラディンね！」

というわけです。

ミスター・アラディン、本名アラン・ラッドという青年紳士は、燃えるような黒い瞳のレベッカに心をゆすぶられ、よき理解者、よき後援者として、女教師ミス・マッ

クスウェルとタッグをくみつつ、レベッカを見守ります。

作者ケートが自分を投影したかのような女教師、ミス・マックスウェルもまた、教えたことを、乾いた土が雨を吸いこむように、なんでも、ぐんぐん吸収してゆくレベッカの才能を愛して、はぐくんでゆくのです。

距離をおいて、けれどいつも心にかけて。

レベッカがもっているものを伸ばしてあげようとする大人たちは、幼児教育の専門家だったケートの、理想の教育のすがただったのでしょう。

レベッカの物語は、子供が理想化されているのではなく、子供の周囲にいる大人たちが、理想化されているのです。

ミスター・アラディン——アラン・ラッドの節度ある態度もまた、まことに好ましく（友人はイヤラシイと絶叫してましたが……）、私はついレベッカの母親の気持ちになって、

「あなたと、レベッカの将来について考えることは、無益なことではないと思いますわ、ミスター」

手をさしのべて、やさしく、いってあげたくなります。

ミスターというにふさわしい、保護者めいた響きのある、紳士的な男性の登場。

『あしながおじさん』や、モンゴメリの短編「ベティの教育」*2、それにまたオードリ

ー・ヘプバーンの映画や『源氏物語』など、まことにパターンそのものではありますが、たぶん、きわめつきは、この『少女レベッカ』のミスター・ラッドです。

『少女レベッカ』がヒットして、ケートは『レベッカの青春』という続編を書きますが、これは続編というより、レベッカの少女時代のエピソード集です。

私はできることなら、ミスター・ラッドとレベッカが結婚してからの、その後を書いてほしかったなあ。

理想的な保護者というのは、えてして、相手が成長すると、自分のワクにはめようとして、抑圧的な態度にでるもの。

ミスター・ラッドの真価は、レベッカとの結婚後に問われるはずなんですから。

私、書いてやろうかしら。

＊1　『ケレー家の人々』（ケート・D・ウィギン作　村岡花子訳　角川文庫刊）
＊2　短編「ベティの教育」は『アンをめぐる人々（第八のアン）』（モンゴメリ作　村岡花子訳　新潮文庫刊）に収められています。

心ふるえて……

＊『十七歳の夏』

『十七歳の夏』（1942年作品　角川文庫刊）

作／モーリーン・デイリ（1921〜2006）

北アイルランド生まれ。学生時代に懸賞小説に応募し、一等賞を獲得。その短編小説が認められ作家の道へ。

訳／中村能三（なかむらよしみ）（1903〜1981）

福岡県生まれ。翻訳家。クリスティの作品群をはじめ、多くの訳書がある。

もし、あなたがモーリーン・デイリの小説『十七歳の夏』を読んだとしたら。ページを閉じたときには、遠い記憶のむこうに眠っている、いくつかのことを思いだして、ちょっと、やるせない気持ちになるでしょう。

たとえば、私が思いだすのは、こういうことです。

はじめて好きになった男の子のことや。

中学三年生のとき、はじめて街中の喫茶店でデートして（なんという不良！）、トイレにゆきたいのに、

「ちょっと、トイレね」

のひとことがいえずに、そのうち顔があおざめてきて、ひや汗まで出てきて、気がつくとトイレを我慢するために貧乏ゆすりしていたこと。

男の子は、家まで送っていくといってくれたのに、トイレにゆきたいばかりに、途中で、

「ここでいいよ。あたし、ちょっと寄るとこあるしィ」

と顔をこわばらせていい、相手が帰ってゆく後ろ姿をつらい思いで一瞥（いちべつ）しつつ、目

についたお豆腐屋さんに駆けこんで、

「トイレ、貸してくださいっ！」

と叫んだこと。トイレでしゃがみながら、あの子はもう、二度と誘ってくれないだろうと、しょんぼりしたこと。

高校生になったばかりのころ、クラスメートのお兄さんから電話をもらって、ぜんぜん好きな人じゃなかったのに、デートに誘われたのがさすがに気分がよくて、つい、

「どこ？　いってもいいよ」

といって電話をきったのもつかのま、そばで聞いていたお父さんが、顔をこわばらせて、

「高校生のくせに、男の子とつきあうなんて、まだ早いっ。そんな不良なら、家を出ていけっ。出ていくのがいやなら、すぐに、断りの電話をしなさいっ」

新聞を床に叩(たた)きつけて、すごい勢いで、どなったこと。

(時代おくれの、過保護じじぃィ！)

と内心では悪態をつきながら、くやしさのあまり、涙声で電話をかけて断ったところ、相手がへんなふうに誤解して、

「泣かなくてもいいよ。気にすんなよ」

と慰めてくれて、そのあとも、学校の廊下ですれ違うと、へんになれなれしく声を

かけてくるので、ひどく困っちゃったこと。

町の図書館は、受験生でいっぱいなので、クリスチャンセンターの図書室に通っていたころ、そこによく受験勉強にきていた三年生としりあい、彼とちかくの森や池を散歩したこと。

そのころは、私もお菓子づくりや、小物づくりに熱中してるコだったから、

「あたし、勉強するより、お菓子つくったり、パン焼いてるほうが好きなんだ。大学いくより、早く結婚して、家のことしたい。いま、一番ほしいのは、上等の生イーストよ」

なんていったら、相手がさすがにガクゼンとした顔で、

「いまどき、めずらしい考え方だね」

と笑いながら、ボートに誘ってくれたこと。

池のまんなか辺りまできたとき、ふいに、

「おれ、クラスに好きなコがいるんだけど、そいつ、おれより、できるんだ。きっと、東京の大学いくんだろうな」

と淋しそうに、ぽつりといったこと。

あのころ、世界はすごく複雑に見えて、思うままにならないことが多すぎて、おなじ高校生でも上級生はおとなにみえて、早く、そこに辿りつきたい焦りと、いっきに

小学生に戻ってしまいたい懐かしさで、泣きたいような気持ちになることがありました。

あんな季節は、もう二度とないだろうと思わずにはいられない。

そのころ、大学生だった姉と、ひとつ部屋を共有していたせいで、私たちは、いろんなことをしゃべりあいました。本のことや、勉強のことや、恋愛のことなんかを。

私は、姉が大学であったことを、いろいろ話してくれるのが好きでした。

姉も、妹が熱心にきいてくれるのが楽しいのか、今から思うと、信じられないようなことまで、話してくれました。

大学の学生食堂や、階段教室や購買部や、喫煙室に集まっている、ちょっとお洒落(しゃれ)な女子学生グループのことや。

サークルでしりあった男子学生のことや、学祭のダンパのために、ソシアルダンス・サークルが有料でやってるダンス講習会で、ダンスを習っていることや。

ラジオ局で、リクエスト電話の受け付けバイトをしていたら、電話をかけてきたリスナーが、根ほり葉ほり、住所や電話番号をきくので、こわくなって泣きだしたことや。

私はほんとうに、おねえちゃんのキャンパスライフのことなら、なんだって知っていました。

学祭のダンスパーティーに、彼女が仕立ておろしのピンクのワンピースを着ていったことも。(母はケチだったのに、なんというのか昔気質のところがあって、ここ一番という晴れの場所には、〝晴着(はれぎ)〟という感覚で、街の仕立て屋さんに、服をオーダーしてくれたのです)

おねえちゃんが大学にいってからのBF1号が、学祭のダンパで、壁の花だった彼女を、ダンスに誘ってくれた医学生であることも。

〝壁の花〟という言葉は、医学生が、おねえちゃんに話しかけたときのセリフだということも。

「ずっと壁の花になってるつもりですか。踊りませんか?」

といわれた世間しらずの姉は、びっくりして、

「壁の花って、なんですか」

と素朴に聞き返して、爆笑!　になり、いっきに親しくなったことも。

それから交際がはじまって、ドライブにいったときに、サガンが話題になり、医学生の彼はふふんと鼻で笑って、

「あんなの、思想もなければ社会の描写があるわけでもない。ただのロマンス小説だよ」

といったとかで、帰ってくるなり、

「そういうものかなあ。どう思う？　サエちゃん」

と不安そうに呟いていたことも。

そういう、ギクシャクしたご交際をやっているうちに、ふいに、高校時代に、ずっと片思いしていた元クラスメートが、試験休みの秋に帰省してきて、彼女にデートのお誘い電話をかけてきたことも。

彼女がそのとき着ていった服が、当時ハヤッていたミリタリー調の金ボタンのついた、濃いグレーの、ミニのニットワンピースで、

「これ、ヘンじゃない？　ヘンじゃない？」

と、渋い顔をしているお父さんにさんざん聞いてから、家をとびだしていったことも。

デートから帰ってくるなり、わっと泣き出して、

「あのひと、京都弁なんかしゃべってるのよ。あたしの知ってる彼じゃないわ。すごく変わっちゃって！」

とヒスるので、

（初恋のひととは、うまくいかないもんよ、おねえさん……）

と慰めようとしていると、さらに続けて、

「あたし、なにしゃべってるのか、よくわからなくて、最初のころ、ろくに返事もで

きなかったんだから！　気のきかないコと思われたに決まってるわ。気取ってると思われたら、どうしよう、サエちゃん！」

おんおん泣き続けるので、さすがにシラけて、なにもいえなくなったことも。

そのあとも毎日のように電話がきて、そのたびに外出して、彼が京都に戻ってからも、なぜか、めっきり医学生の話をしなくなったことも。

私はそういったことを、自分の大学時代のこまごましたことよりも、もっと鮮やかに、くっきりと覚えています。

私は中学校や高校で、姉は大学で、ふたりともいろんなことをいっぱい経験しながら、いくつかの秘密は告白しあい、一番たいせつな秘密はやっぱり秘密のまま、おなじ時間を、ちがう流れで生きていました。

ひとつ部屋に住みながら、私と姉が見ていた世界は、たぶん違うものでした。ただ共通していたのは、あの時期が、私たちにとって、それぞれに大切な季節だったということです。

人にとって、ほんとうにたいせつな季節は、ただ一度きりのものです。

目も眩むような、ただ一度きりの季節。

モーリーン・デイリの青春小説『十七歳の夏』は、そんな小説です。

❤

この小説が発表されたのは、１９４２年。（日本での出版は、１９５６年らしいです）

とき、あたかも日本では太平洋戦争中のことで、それを思うと、茫然（ぼうぜん）となってしまうアメリカ北部、ウィスコンシン州の片田舎、フォンジュラック。

アメリカの地図をひらいて、上のほう、ニューヨークからずっと左のほうに、五大湖があります。

そのうちのミシガン湖に注目してください。そこらあたりがウィスコンシン州。

大きな地図だと、ミシガン湖のちかくに、ウィネベイゴ湖というのがあるはずです。

そこを舞台に、アンジェライン、アンジイの十七歳の夏が、はじまります。

日本でも、〈十七歳の夏〉といえば、それだけで感傷的なイメージがあります。

高校二年か三年生で、しかも夏。恋愛とかバンド結成、学園祭の準備や……——いろんなドラマがありそうです。

けれど、アメリカでは、〈十七歳の夏〉は、特別な意味をもっているらしいというのを、なにかの本で読んだ覚えがあります。

アメリカの新学期は秋で、授業は五月に終わり、六月七月八月と、ながいながい夏休みが続きます。

つまりアメリカの夏休みは、日本の春休みと夏休みが、ごっちゃになったようなもの。しかも、もし、その夏が十七歳だったら――それは、ハイスクール卒業直後の夏ということです。

長いながいバカンスであると同時に、別れの季節。やがてくる九月の別れまでの執行猶予期間、それが十七歳の夏でした。

それまで同じ教室で勉強し、バスケットやボートの試合を楽しんだ仲間が、ある者は大学へゆき、ある者は街に残ってドラッグストアの店員になったり、父親の鉄工所を手伝ったりするようになる。

それは、まぎれもなく、人生の別れ道でした。

アメリカは自由の国ではあるけれど、反面、才能の国でもあります。

厳しいいい方をするなら、才能があってチャンスを摑むものがサクセスできるのだけれど、そうでない者は、そのまま田舎町に残り、そこで暮らし、やがて中年になり、老いて、死んでゆくのです。

大学にいく者と、いかない者との選別が、この十七歳の夏に行われ、それはその後の人生をきめる、大きな分岐点になってしまう。

大学に行こうとしている者の気負いや希望や、欲望や不安や——街に残らざるをえない者のやけっぱちな明るさや、やるせなさ。そんな、ようやく知りはじめた人生の痛みが、凝縮している夏。

アメリカの高校生にとって、十七歳の夏は、はじめて、容赦ない人生をしりはじめてゆく、ほろ苦い季節でもありました。

卒業の感傷や、仲間との別れの淋しさだけではない、大学にゆく者もゆかない者も、それぞれが立ち向かわなければならない、巨大ななにか。恐れ、笑い、泣きながら、みんなが通らなければならない、人生の第一ゲート。

そんな十七歳の夏のひと夜の、心ざわめく狂騒をドラマにしたのが、映画「アメリカン・グラフィティ」[*1]です。

それに、つい最近、レンタルビデオでみた青春映画に、「セイ・エニシング」[*2]という、やはり心ふるえるような作品がありました。

時代は現代で、場所はシアトル近郊。

クラスメートたちに愛されている、ナイーブなロイド。

ロイドは、卒業式で答辞をよむ学年一の大秀才ダイアンに、恋を告白しようと決心します。

そう決心するのもまた、十七歳の夏だからで、アメリカの観客には、その意味がよくわかるのです。

卒業式の演説で、ダイアンはいいます。

「高校という温室をでたら、どうなるのか。答えはこうです。幸せを求め、大学へゆき、就職し、家庭をもつ。でも、保証は？　もちろん、わたしは未来に希望をいだき、野心もあります。でも、正直なところ……。未来を考えると……、とても怖いのです」

学校一の大秀才、やがて奨学金をえて（奨学金というのは、成績のよいコがもらえるので、お金持ちの子も名誉のため、奨学金をとろうと必死になります）、イギリス留学がきまるダイアンでさえ、不安だという。

それまで、まじめすぎる彼女の挨拶を、くすくす笑ったり、ふざけあったりしていた卒業生たちも、この演説をききながら、いつとはなく、しん、としてしまう。

この映画は、現代を舞台にしているから、ロックが流れるテンポのよい映画なのだけれど、その現代の十七歳の夏でさえ、不安と期待が交錯する季節なのだというのが、私には素朴なおどろきでした。

ロイドとダイアンの十七歳の夏は、映画のように美しく（映画だから、当然ですけど）、ほのかに甘く、せつなく、いとしい。ほんとに、よい映画でした。

そして、この「セイ・エニシング」という現代の青春映画と、およそ五十年前に書かれた小説『十七歳の夏』のあいだに流れる同じものに、私は心ゆさぶられ、映画をみて泣き、本を読み返して泣いちゃいました。

一度きりの美しい季節を、湖をわたる風や夏のひざしの中で、ボートにのりながら、パーティーで踊りながら、教会で祈りながら、ぎこちない抱擁をしながら、『十七歳の夏』のアンジイとジャックは、すごしてゆくのです。

❤

私がときどきお世話になる読書サークルには、いろんな方がいらして、そこに、自宅の横に誰にでも開放する私設図書館をつくっていらっしゃる、素敵なご婦人がいらっしゃいます。かりに、H先生とお呼びしますと。

H先生は年齢を感じさせない方だから、お年のことをいうのはヤボですが、ある集まりで〈家庭小説〉の話題が出て、ああいう本が復刻してほしいわねえ、なんて話しあい、私たち若いコが、

「『リンバロストの乙女』よね、やっぱり」

「ミス・リードの作品は、ぜったい、ほしい」

なんて話しあっていたとき、H先生はふと、

「モーリーン・デイリの『十七歳の夏』なんかも、家庭小説というより青春小説だけど、ああいうの、もう一度、出してくれないかしら」

とおっしゃいました。

その場にいた、やはりおなじ年代のご婦人も、

「ああ、あれ」

と懐かしそうに呟いて、こっくり、頷（うなず）いていらっしゃいました。

その場にいた、かなりの読書量をほこる人たちも、そんな本のことは知らないので、聞き流していました。つい半年ほど前のことです。

この本の翻訳が日本で出版されたとき、H先生やご友人は、青春まっさかり。出版されたそのとき、リアルタイムで読まれたらしいのです。昭和三十年代のはじめころに。

この本のなかに、ステディという言葉が出てくるのですが、H先生は、

（ステディ）

という言葉を、この小説ではじめて知ったといいます。

私がステディという言葉を覚えたのは、本村三四子（もとむらみよこ）さんという漫画家さんが描かれた作品群でした。それが、昭和四十年代なかば。

本村三四子さんは、アメリカのハイスクールを舞台にしたラブ・ストーリーものを、

たくさんお描きになっていて、ステディ、デート、ダンスパーティーといった小道具を駆使して、明るいアメリカの青春ドラマを見せてくれました。

クラスリングを交換することが、ステディのあかしだとか。

それは、他の男の子や女の子と出歩いたりしない、ふたりはほんとの恋人同士だという、約束なのだとか。

何度かデートしたら、かならず、男の子は、女の子の両親に挨拶するらしいとか。開放的で、自由にみえるアメリカの男女交際にも、いろんなルールがあるらしくて、そういったルールがまた、私にはとてもお洒落で、粋に思えたものでした。

いつかテレビでみたパティー・デューク・ショーのドラマのように、ほんとうに、アメリカの高校生は、あんな生活をしてるんだろうか。

なんだかマセてて不良みたいな、でも、羨ましいような……――アメリカの高校生も、片思いとか失恋とかするんだろうか。なにもかもオープンで、カッコよさそうに見えるけど。

そんなふうに思っていました。

ほんとうのところ、アメリカの普通の高校生がどういう生活をして、どんな恋をしてるかなんて、なにも知らなかったのです。ただ、すごくカッコいいだろうと思いこんでいただけでした。

モーリーン・デイリの『十七歳の夏』は、１９４０年代のアメリカの田舎町で暮らす、ありふれた高校生の、ひと夏の物語です。

食事のたびごとに、ナプキンや、銀の食器をつかう中流家庭のお嬢さん、やがてシカゴの大学にゆくことになっているアンジイ。

ハイスクール時代、バスケットの花形選手で、みんなの憧れの的だったジャックに誘われてすごす、甘く、せつなく、愁いとおそれと輝きに満ちた、ひと夏の日々。

この本のタイトルを、どうか、記憶にとどめておいてください。

書店で、この本をみつけたときは、騙されたと思って、手にとってください。

ページのそこかしこから、この時代のアメリカの男の子と女の子の、心ふるえる、ただ一度きりのまばゆい季節、永遠の十七歳の夏が、鮮やかに立ちのぼってくるはずです。

＊1　映画「アメリカン・グラフィティ」（American Graffiti　ジョージ・ルーカス監督　リチャード・ドレイファス主演　’73年アメリカ作品）のビデオ（ＣＩＣ・ビクター）は日本公開後、16年目にして、ようやく日本でも発売されることになりました。オールディーズ・ナンバーが数多く流れる青春映画の傑作です。［のち、ＤＶＤ、Ｂｌｕ－ｒａｙ化］

＊2　映画「セイ・エニシング」(Say Anything…　キャメロン・クロウ監督　ジョン・キューザック、アイオン・スカイ主演　'89年アメリカ作品) はキックボクサーを夢見る平凡な青年と優等生の女の子との切ない恋を綴る、青春ドラマです。ビデオ化 (CBS／FOX／AVC) されています。[のち、DVD化]

ひとやすみにお茶を……

*

『秘密の花園』
『あしながおじさん』
『丘の家のジェーン』
『昔気質の一少女』

『秘密の花園』（1911年作品　新潮文庫／岩波文庫刊）

作／バーネット（1849〜1924）

イギリス生まれ。金物商だった父が4歳の時、亡くなり、その後の不景気で店も破産し、16歳の時に一家でアメリカのテネシー州に移住する。生計の足しにと小説を書き出し、19歳の時に短編小説が売れ、作家へ。『小公子』『小公女』など五十以上の作品がある。

訳／龍口直太郎（たつのくちなおたろう）（1903〜1979）〈新潮文庫版〉

東京生まれ、翻訳家。カポーティの作品をはじめ、多数の訳書がある。

訳／吉田勝江（よしだかつえ）（1904〜1996）〈岩波文庫版〉

岩手県生まれ、翻訳家。『若草物語』『小公女』などの訳書がある。

『あしながおじさん』(1912年作品　角川文庫刊)

作/ウェブスター(1876〜1916)

アメリカ、ニューヨーク州生まれ。父は出版業。母は作家のマーク・トウェインの姪にあたる。

訳/厨川圭子(くりやがわけいこ)(1924〜)

中国、瀋陽生まれ。翻訳家。主な訳書に『シェイクスピア物語』『ピーター・パン』などがある。

『丘の家のジェーン』(1937年作品　新潮文庫刊)

作/モンゴメリ

訳/村岡花子

『昔気質の一少女(上)(下)』(1870年作品　角川文庫刊)

作/オルコット

訳/吉田勝江

〈家庭小説〉の中で、なにが一番好きなのかと聞かれたら、私はこう答えます。
食べ物と、ドレス。これに尽きます、と。
さすが百年〜五十年前の小説には、冷蔵庫だの、レンジでチンだのは出てきません
が、料理ストーブや最新のガスレンジなどで、さまざまな料理をつくっているのです。
まず、朝。
三月のある水曜日、レベッカは、風邪をひいたミランダ伯母さんとジェーン伯母さ
んの代わりに、ソーヤー家を代表して、援護協会の集会にゆきます。
援護協会というのが何なのか、よくわからないのだけれど、伝道師の人がきて、そ
のひとのお説教をきいて、礼拝することのようです。
伝道師のバーチさんは、礼拝のあと、
「もしも、婦人会員のなかのどなたかが、おもてなしをしてくださるならば、妻と
私は今晩と明日、あなたがたのあいだに、足をとどめるつもりです」
そうして、応接室をおかりして、伝道の集会をしたいと申し出ます。
しかし、村のひとたちは、家が狭かったり、食料のたくわえがなかったりして、お

客を迎えたがりません。

そのとき、レベッカは、自分はソーヤー家の代表できたのだという誇りをもって、すっくと立ちあがり、

「伯母たちは、あなたが訪問してくださったら、とても喜ぶと思います」

といいます。

さあ、ミランダ伯母さんの驚いたこと。でも、プライドの高い人ですから、いまさら、後にはひけません。

伝道師のバーチ一家を迎えて、その夜は近所のひとたちもきて、敬虔な祈りの集会がありました。

しかし、翌朝。

ミランダ伯母さんは、前夜の疲れやら、まだ治っていない風邪やらで、たいそう不機嫌に、目をさまします。

病気のときに、お客さんが泊まっているのは、なかなか気の張るもの。

ミランダは、内心、伝道師一家に怒りさえ覚えながら、台所にゆきます。

そして、ドアをあけてみると——

「(ミランダは)ぼんやりと身のまわりを見つめながら、まちがえて他人の家のな

かへ、迷いこんだのではないかと怪しんだ。

窓かけは引きあげられており、ストーブには、火がどんどん燃えていた。湯わかしは歌うような音をたてて、煮えたって、湯気を勢いよく吹きだし、その広い口に、ノート・ペーパーをちぎった紙きれがくっつけてあって、それには〝レベッカの挨拶〟と走りがきしてあった。

コーヒーポットはやけどをするほど熱く、コーヒーはちゃんと計って碗に入れてあり、沈澱作用につかう砕いた卵のカラまで、そばにおいてあった。つめたいポテトとコーンビーフが、木の盆にのっていて、ナイフには〝レベッカの敬意〟と書いた紙きれが、ゆわえつけてあった。

褐色パンも、白パンも出ていた。

トーストパン立ても、出ていた。ドーナツも、出ていた。

牛乳は、うわずみが取ってあった。

バターも、バター貯蔵庫からとり出してきてあった」

簡素ではありますが、なかなか、おいしそうな食事です。コーンフレークスや、オートミールなんかより、かなり上等。

私は長いあいだ、この小説にでてくる、

（コーヒーの沈澱作用につかう、砕いた卵のカラ）

とは、どういうことであろうかと悩みました。わけがわからないでしょう。

いまだに、ちょっとよく、わかりません。


さて、朝食をおえて、学校にゆくには、『リンバロストの乙女』のエルノラにかなう人は、まずいません。

いつも冷たく当たるお母さんが、お弁当をつくってくれたので、エルノラは登校途中で、ランチボックスをあけてしまいます。


「パンの場所には、卵黄を散らしたバタつきパンの優美なサンドイッチが、そのなかばを占め、残りの半分は、想像もおよばぬ香料菓子が三きれも入っていた。

肉の場所には、薄切りのハムが詰めてあった。（中略）

サラダは、トマトとオランダみつばだった。

カップには琥珀のように透明な、梨の砂糖漬けが入っていた。

びんにはミルクが入れてあり、折りたたみ式のカップには、薄紙にくるんだきゅうりの漬物が、二包み、入っており、環にはあたらしいナプキンが挟んであった」


きゅうりの漬物というのは、たぶんピクルスかなにかでしょう。

翌日のランチボックスに入っていたのは、次のとおり。

「ケーキはまだできたてで、四切れあった。サンドイッチはふたくち食べて、初めて、それがピーナツのかわりに、ぶなの実をつかってあることがわかったが、このほうがずっと、味がよかった。カップには、苺の砂糖漬けがはいっており、皿には、薄荷ときゅうりをあしらったポテト・サラダと、廏の棚からとってきた雛鳩を、みごとに狐色に焼いたのがのっていた」

この、雛鳩を狐色に焼いたのって、どんな味なのでしょう。そういうの想像しただけで、あまりの妬ましさに、頭痛がしてくるほどです。

たしか、かりかりに焼いた雛鳥を頭から食べて、脳ミソのところがとろりとして美味しいなんていう描写が、『リンバロストの乙女』の前編、『そばかすの少年』にあったような気がしたのですが、ちょっと見つけられませんでした。

あるいはまた、エルノラが仲間入りした女の子たちは、街の裕福な子たちで、みんなでもちまわりで、オゴりあうことになっていました。

エルノラはお金を使うことなく、友人たちをもてなそうと、精一杯の努力をします。

「（エルノラは）籠をあけると、めいめいに美しい小さな樹皮の籠を、おもおもしく差し出した。

内側には紅葉が敷いてあり、一方の端には汁気の多い、大きな赤いりんごがおさまっており、もう一方にはマーガレット・シントンの揚物の籠を出て、まだ一時間とたたない香りのよいドーナツがはいっていた。

また、あるときは楓糖でかため、ぶなの実の芯をふんだんにちりばめた、はぜとうもろこしの大きなボールを与えた。また、砂糖をかけたヒッコリの実の芯のこともあれば、あるときは楓糖菓のこともあり、一度などは籠に入った、暖かなかぼちゃパイのこともあった。（中略）

ある時など、黄色の葉を内側にしきつめ、肉の厚い、熟しきった、赤いさんざしの実がいっぱいにはいっている籠を、少女たちは奪いあいしないばかりだった。

十月の終りごろには、紅葉を敷いた上に、申しぶんなく霜にあたった、こうばしい大きなポーポー（あけびの実）をいれた籠に、大変な熱狂ぶりだった。

やがて、はしばみの実が熟れたので、それがふるまわれた」

こうやって、女の子たちとの大事なつきあいに、ひとことも泣きごとをいわずに、自然からの贈り物を用立てしつづけたエルノラ。いい子だなあ。引用しながら、泣けてきそう。

私が『リンバロストの乙女』を愛読書№1にあげるのも、こういう描写がこれでもか、これでもかと続くからです。ページから、こうばしいシナモンや、甘ずっぱい匂いが、ただよってくるようではないですか。

この中にでてくる〈ぶなの実の芯をふんだんにちりばめた、はぜとうもろこしの大きなボール〉とは何であろうかと、わざわざ原書に当たった友人がいますが、彼女の証言によれば、それはなんと。ポップコーンだったとのこと。

翻訳者の先生にとっては、食べ物ひとつ訳すにも、たいへんなご苦労があったわけです。

翻訳者自身が知らない食べ物もあれば、知っていても、当時の読者にはピンとこないだろうと思って、わざと意訳するということもありました。

そういった努力に対して、敬意を払わずにはいられません。

さて、いろんな工夫をしてきたエルノラも、自然や森からの贈り物がなくなり、万策(ばんさく)つきて、お母さんに相談します。お母さんはまたもや、ガンバるのです。

「エルノラが蓋(ふた)をとると、香料の国からの香りがたちのぼった。

籠の一方には、途方もなくおおきな糖菓が十個ならんでおり、そのうえ、そばには棒飴を輪切りにしたものがふんだんに、点々とのせてあった。

飴はとけて、透明な蠟のような蜜の小さな泉をつくっており、それぞれの菓子の中央には、頭と尾が丁子の実でできている干しぶどう製の、太った山鳩がのっていた。

籠の残りの部分には、柄をもって食べるようになっている、大きな香料入りの梨がいっぱい詰まっていた」

なにもかもが、あんまりおいしそうで、微細な表現です。ジーン・ポーターは博物学者であったためか、こういう細密な描写をおこたりません。

こういうお菓子をもってゆけば、鼻たかだかでしょう。

さて、学校といえば、大学の寮に入っている『あしながおじさん』のジュディー。

彼女も大学に慣れるにつれて、大学生活を楽しみます。

女子大生たちが夕食を食べにいく街の食堂で、

「焼きえびが、35セント。食後のメイプル・シロップをかけたそば菓子が、15セント」

なんていう軽食を食べちゃいます。メイプル・シロップというのは、ホットケーキやドーナツ、カスタードプリンなんかにかけて食べると、おいしいヤツです。『リンバロストの乙女』にしきりと出てきた〈楓糖〉というのも、たぶん、これでしょう。

カナダに観光旅行にいった友人が、プリンス・エドワード島にいって、おみやげに瓶詰めのメイプル・シロップを買ってきてくれたこともあったけど、いかにもという感じ。

メイプル・シロップだの糖蜜だのが、しきりに出てくるのも、この手の小説の楽しいところです。

ジュディーは、大学で、友人たちと〈糖蜜菓子〉をつくったりするし、『昔気質の一少女』でも、糖蜜菓子と翻訳されてるモラセス・キャンディをつくったりします。モラセス・キャンディがどういうキャンディなのか、よくわかりません。

作り方の描写で読むかぎり、糖蜜を沸騰させて、胡桃（くるみ）の実をいれて、溶かしバターをまぜているので、できあがりはナッツ・タフィか、キャラメルみたいな感じですが。

よくわからないといえば、おなじく『昔気質の一少女』にちらりと出てきて、『リンバロストの乙女』にも、ちらっと出てくる、〈マカルーン〉というお菓子。これが、わからない。

どちらも、街っ子たちのお菓子として描かれているので、マフィンでないのは確かなようです。

よくわからないといえば、『続あしながおじさん』[*1]に出てくる〈ブラマンジェ〉。

「ドクトルと私は、過去の献立を注意深く研究して、よくもこんな献立を考えた人があったものだと、驚き呆れています。もっともたびたび繰り返されている夕食の献立のひとつを、お目にかけます。

ゆでジャガイモ。

米のおかゆ。

ブラマンジェ。

子供たちが、百一個の小さな糊のかたまりにならなかったのがふしぎです」

さて、このブラマンジェというのも、しばらくの間、謎のひとつでした。

これがわかったのは、高校二年生のとき。

そのころ、お菓子やパンつくりが趣味だった私は、オールドミスの家庭科の先生がつくっていた料理サークルに、入っていました。会員数は、十人たらず。

もともと旧制中学校が、戦後に男女共学の高校になった学校だから、生徒数はつねに、男子3に、女子が1の割合。気分は、カンペキに男子校です。

当然、家庭科の備品もボロくて、焼きりんごなんか作るときも、ガスレンジにのっける旧式オーブンで、火かげんに注意しながら、作っていました。

そこに講師にきてくださっていた料理学校の先生が、あるときメニューにだしてきたのが、カスタード・ロールケーキとブラマンジェ・ブランディチェリーソースかけ。

「おお、『続あしながおじさん』で謎だった、ブラマンジェの正体が、いまこそ明らかになるぞーっ」

と燃えて、リキいれて、レシピを書き写したのでしたが。

ブラマンジェの正体は、すごく、たわいないものでした。

コーンスターチでつくるプディングみたいなもので、コーンスターチといえば、クリスティの『ミス・マープルと十三の謎』[*2]のなかの短編に、コーンスターチ湯というのが出てきますが、西洋かたくり粉みたいなもの。

コーンスターチと砂糖とミルクを、温めながら混ぜて、冷やすと固まります。

味はといえば、糊そっくり。こんなもん、どこがいいのかと思った覚えがあります。

そのほか、わからないものといえば〈タンポポ酒〉。『たんぽぽのお酒』[*3]なんていうアメリカ小説もありますが、私は『少女レベッカ』に出てきたので初めて覚えて、想像力をかきたてられました。

鮮やかなタンポポ色をした、きれいな琥珀色の飲みものじゃないでしょうか。

しかし、〈ライス・プディング〉〈プラム・プディング〉〈しょうが入りパン〉〈ハックルベリイ・パイ〉〈レモンパイ〉〈こけももパイ〉〈大黄のパイ〉〈カランズの実〉〈からす麦のパン〉などなど、想像はできるものの、実際のところ、どういうものなのか。

いまでこそ、ラズベリージャムやブルーベリージャム、ライ麦パン、梨のコンポートなんていうのはオーソドックスになっていて、スーパーでも買えますが、本で読んでいたころには、どういうものかわからなかった。

たとえば、からす麦パンなんていうのは、『ジェイン・エア』なんかにも出てきますが、ストーリーの展開や、描写からいって、そんなに豪華なものではなくて、どちらかというと貧乏な、あるいはみすぼらしい食事だというときに、出てくるのです。

ジェインが、つめたいリード夫人の家を出て、ロウウッド慈善院に着いたときにもらえるのが、ひときれのからす麦パンだったのです。

そういう諸状況を勘案して、

（たぶん、ふつうのパンやケーキよりは、素朴なものだろう。色は黒っぽくて

と想像するくらいでした。

イメージとしては、『ライ麦畑でつかまえて』という小説のタイトルにもでてくるライ麦なんかと同じで、私にとっては、いかにも田舎田舎した、素朴なイメージです。〈七面鳥の脂身のある胸肉〉〈えんどうのクリーム煮〉〈鶏卵三十六個を使ってつくる家伝のパウンド・ケーキ〉なんていうのも、おいしそうで、うっとりします。

さて。

こういう、みごとなメニューを引用するとき、ほとんど役にたたないのが、イギリス小説です。

ミス・リードの村シリーズ[*4]にも、ちゃんと食事シーンが出てきますが、ビスケット三枚だとか、ベーコンエッグスとパン、熱い紅茶に、クリームをたっぷりとか、気持ちはわかるけど、それがどうしたって感じなのです。

ネズビットにも、アップルパイや、甘（あま）パンなんていうのが出てくるのですが、おいしそうな匂いがしない。

姉が短期間、イギリスのエディンバラに留学してたことがあるのですが、下宿屋さんの朝食どきは、なかなか、辛かったといいます。

朝食に、卵が出てくるのですが、下宿の大家さん一家は、卵なしのトーストとジャムと紅茶だけで、大家さんの小さい息子が、姉のメニューを見て、

「ぼくも、たまご。たまごがほしいよー」

と泣きだし、大家さんの奥さんが、

「あれは、ゲスト用よ。朝から卵を食べるのは、ゲストだけです！」

とヒスを起こして叱りつけるので、すっかり緊張して、ろくに食べられなかったとか。

姉の下宿先が、とりわけ厳しい家庭だったのかもしれませんが、いかにも謹厳実直（きんげんじつちょく）なイングランドというエピソードじゃないですか。

食事に関しては、やっぱりイギリスは……という偏見があるわけですが、だが、しかし。

イギリスは料理がダメという偏見を、多少なりとも打ち破ってくれるのが、バーネット女史の『秘密の花園』です。

ただし、これは料理そのものの旨（うま）さよりも、物語で描かれる背景のよさとミックスされています。

インド育ちのメアリーは、両親が死んだので、イギリスはヨークシャー、クレイブン伯父のミッセルスウェイト屋敷にひきとられます。

ひねくれっこメアリーは、荒野をわたるぴょうぴょうとした風におびえ、不機嫌に暮らしますが、田舎娘そのものの小間使いマーサや、マーサの弟ディコンとであい、庭でひとり遊びをしたりするうちに、心身ともに元気になってきます。

やがて、屋敷の奥深くにいたお屋敷の坊ちゃん、コリンとも出会い、三人は大人たちの目の届かない秘密の花園で、自分たちだけの世界をつくり、癒（いや）しあってゆくのです。

そうした中で、最初は、ろくに朝の食事に手をつけなかったメアリーやコリンは、どんどんお腹がすいてきます。

それも、当然というもの。

メアリーはなわとびをするし、コリンは今でいうストレッチ体操までして、それがとっても楽しいんだから、お腹はすきっぱなし。

でも、コリンたちは、父親のクレイブンが帰ってくるまで、コリンが健康になっていることを秘密にしようとしているから、わざと病気ぶったりしなければなりません。

病気ぶってるのに、もりもり食事をすれば、家の人たちにバレてしまう。

コリンも、メアリーも悩みます。

「彼は、今までよりも食べるものを少なくしようと決心した。しかし、あいにく、このすばらしい考えは、実行することができなかった。
というのは、彼は、毎朝目をさますと、驚くほど食欲があって、しかも、自分の安楽椅子（あんらくいす）のそばの食卓には、焼きたてのパンや、新しいバターや、雪のようにまっ白な卵に、きいちごのジャム、固まったクリームなどのすばらしい朝食が、並んでいるのだった。

メアリーはいつも彼といっしょに、朝の食事をした。

二人は、食卓につくと――ことに、じゅうじゅう音のするような、おいしそうな、薄く切ったハムが、あったかい銀のふたの下から、つい食べたくなるような、いい匂いをさせてでもいると――よく、がっかりして、おたがいに目を見あわせるのだった」

「『ぼくはまったく、つくづくこう思うんだよ。ほんとに、このハムの切身（きりみ）がもっと厚かったら、どんなにいいだろう、ってね。それから、めいめいに軽焼パンが一枚ずつじゃ、だれにだって足りっこないさ』

などと、コリンはよくいったものだった。

『もうじき死ぬひとになら、これだけでも充分よ。だけど、まだ、これから生きて行こうという人にだと、これじゃあ足りないわね。あの、あけた窓から、荒野のヒースや、はりえにしだの、すーっとするようないい匂いが流れこんでくると、あたし、軽焼パンを三つも食べられそうな気がすることもあるのよ』

　とメアリーは、はじめてコリンがこういったときに、答えたのだった」

　メアリーもコリンも、ヒースやはりえにしだの、すーっとする匂いにつられて食欲を感じて、もんもんするのです。

　ハムだのバターだののありふれた食事も、自然にかこまれた、健康を回復しつつある子供にとっては、いずれ血となり肉となる、すばらしい食べものです。

　やがて、コリンやメアリーの窮状(きゅうじょう)をしったディコンのお母さんは、子供たちのために、すごいアイディアをだしてくれました。

　焼きたてのパンや、バケツいっぱいのミルクを、三人の秘密の花園に届けるのです。

「その朝、みんなが二時間ほど花園でたのしくすごしたあと、ディコンは、大きなばらの木のうしろに入ってゆき、ブリキのバケツをふたつ、持って出てきた。

　それをみると、そのうちの一つには、新しい濃い牛乳がいっぱい入っていて、その上にはクリームが浮いていた。

　そして、もうひとつには、ディコンの家で作った、ほしぶどう入りの葡萄(ぶどう)パンが、きれいな青と白のナプキンに包んで入っていたが、その葡萄パンはとても気をつけてくるんであったので、まだ、温かかった」

さらに、飢えたガキどもは、自分でも工夫して、食べ物を調達します。

「森の中に（中略）深く小さいくぼ地があって、そこへ石でかわいいかまどのようなものをこしらえると、じゃがいもや卵をそこでむしやきにすることができるという、胸のおどるような楽しい発見をした。

卵のむしやきは、今まで知らなかった、ぜいたくな食べものだったし、塩と新しいバターをつけた熱いじゃがいもは、実においしくて、けっこうな食べものであるばかりでなく、森の世界の王様にふさわしい食べものでもあった。（中略）

むしやきの卵や、じゃがいもや、いかにも濃く泡立った新しい牛乳や、からす麦ケーキから、葡萄パン、ヒースの蜜、固まったクリームなどを、腹いっぱいつめこめば、朝御飯などまるで問題にせず、晩の食事も馬鹿にしたようなようすで、手をつけずにいられるというものだった」

　ほんとうにおいしそうな描写です。濃く泡立った、上にクリームが浮いている新しい牛乳なんて描写には、ありありと実物が目にうかびます。

　私も小さいころ、毎日、近所の牧場にゆき、搾りたての牛乳1リットルをもらって帰ってきて、沸かしたての牛乳を飲んでいたので、こういう牛乳がどれほど美味しいか、いい匂いがするか、よくわかるのです。

　こんな牛乳と、新鮮なバターをのっけた熱いじゃがいもを食べてれば、パンソースをかけた、みごとな若鶏の料理だって、バカにして手をつけなくてもいいわけね。

『秘密の花園』の食べものが、いかにも美味しそうなのは、自然描写とともに、どんどん健康になって、お腹をすかせている子供たちが、いきいきと描かれているからです。

　それに、名翻訳者のほまれ高い、龍口直太郎先生のあたたかみ溢れた翻訳もまた、すばらしい。

　家庭小説というより、青春小説とよびたい『十七歳の夏』もまた、食べものの描写がすばらしいです。

　コカコーラなんてもののほかに、アメリカの中流家庭の日常の食事、日曜日の食卓風景が、ほんとうに匂いもあざやかに描かれています。ぜひ、ご一読を。

さて、おいしそうな食べもの描写とならんで、〈家庭小説〉の醍醐味といえば、なんといってもこれ。ドレスです。

❤

一番に思いだすのは、あらゆる〈家庭小説〉に出てくるモスリン。

辞書をひくと、モスリンというのはメリヤスのことで、メリヤスといえば、らくだ色のお父さんのシャツやモモヒキを思いだしてしまう私は、長いこと、イメージと現実のギャップに悩みました。

基本的に、モスリンとは毛織物のことで、そのわりに、絹モスリンという描写も『昔気質の一少女』なんかにあって、どうなってるんだと思ったものです。ようするに、織りの種類をいってるらしいのです。

いまでは、モスリンといえば、モスリンのおこし——おこしといっても、今の人にわかるかな、和服の長襦袢の下にはく、巻きスカート式の和服用ペチコートみたいなものですが、それにモスリンを使います。

もっと上等のおこしには、白繻子の絹のを使いますけれどね。

でも、私のイメージにあるモスリンは、サテンシルクのような光沢のある、ふっくらとした風(ふう)あいの、はりのある服地なのです。

そのほかには、ギンガム。

このギンガムはコットンの織りのことで、よく出てきます。

さらに、ボイル。

『アンの友達』のなかの好短編『ルシンダ、ついに語る』のなかで、美しい中年婦人ルシンダが着ているのが、薄緑色(うすみどりいろ)のボイルです。このとき、アンが着ていたのが、薄緑色のオーガンディのドレス。

オーガンディは、今はオーガンジーといってるようですけれど、帽子のチュールなんかに使う、薄い、織りもようの浮きでた、はりのある上等の絹です。もちろん、夜会服なんかにも使います。ああ、憧れのオーガンジー！

さて、アンといえば、クリスマスプレゼントの〝マシュウのふくらんだ袖(そで)〟。マシュウが一世一代の決意をもって、アンのために、服を注文します。そのときの服が、グロリア絹地。

「つやつやとした、すばらしい茶色のグロリア絹地！　優美なひだや、ふちどめのあるスカート、最新流行の型で、ピンタックのしてあるブラウスで、首にはうすいレースの飾りがついている。それよりも袖、すばらしいのはスリーブだった。

長い肘のカフスの上には、茶色の絹のリボンを蝶結びにしたので、仕切ってある二つの大きなふくらみがついていた」

いいもんですねえ。

長い肘のカフスの上には、茶色の絹のリボンを蝶結びにした——というのが、よくわかる。ああいう袖は、上品で、美しいものです。洗濯は、かなり難しそうですが。

このとき、アンがジョセフィン伯母さんからもらったのが、キッドの上靴。爪先にはビーズがついていて、繻子のリボンと、キラキラ光るバックルがついていたとのこと。

こういう描写に、オトメ心を震わせていた私は、大人になってから、チャコットのピンクのバレーシューズを、室内靴にしていたことがあります。アンの影響力は絶大でした。

そのほか、青いラシャ地のコート。青いビロードの帽子。

青い花もようのモスリン。白い繻子のサッシュ。

初登場のときには、みすぼらしい黄色がかった茶色とも灰色ともつかない、綿毛交織の服をきていたアンが、モスリンやオーガンディの絹服をきて、手袋や帽子を手に、美しい繻子の靴をはいて幸福に輝いてゆくのを読むのは——自分のことのように、嬉しいものです。

あるいは、キャラコ。

これは、『家なき娘』[*5]にでてきて、ペリーヌが工場の手間賃で、一番やすいキャラコを2ヤール買ってきて、ナイフできって、シュミーズをつくります。

この印象があまりにも強烈で、キャラコというと服の裏地になるような、たとえば旭化成のベンベルグ（キュプラ）みたいなイメージがあったのですが、今回、洋裁・和裁・編み物の達人、わが母親に電話で尋ねたところ、以下のお答えでした。

「キャラコったら、ほら、おまえが小さいころ、お母さんが買ってきて、おまえのシュミーズやパンツを縫ったでしょ。あれだよ。運動会のハチマキとか、割烹着とかサロンエプロンとか、毎日洗濯しても大丈夫な、目のつんだ綿さ」

「でも、ハチマキとかエプロンとかって、ブロードじゃないの？　綿ブロード。ほら、和服のタビになるやつよ」

「それは、キャラコの改良されたものよ。糸とかが上等になって、キャラコより光沢が出てるの」

「そしたら、キャラコで表地っていうか、洋服つくる？」

「あー、つくらない。キャラコは下着とかエプロンとか、洗濯のきくもの専用なの。キャラコに色ついた綿が、ポプリン。それよりもっと改良されたやつが、ブロード」

「ふーん。ありがと」

というわけです。

キャラコは毎日洗濯しても大丈夫な、目のつんだコットンだそうです。もしかしたら、服地の専門家からみて、母の認識はまちがってるかもしれませんが、わたしは愛情にかけて、母のほうをとりあえず信用して、こうして書いちゃいました。

母との会話で出てきたポプリンもまた、『アンの幸福』（第五のアン）に出てきます。ガミガミいう病人の母親に、長いこと支配されてた友人、ポーリンを村の結婚式にゆかせようとアンは苦労します。

でも、結婚式にはゆけるようになったものの、着ていく服がありません。そのとき、アンが自分の服を貸しますが、それが銀鼠色（ぎんねずいろ）のポプリンのドレスというわけ。

ところでキャラコに戻りますが、わが母が、

「キャラコは下着専用。服地になるんだったら、ポプリン」

と断言したにもかかわらず、やはり表地のドレスになってる場合が、実はある！レベッカが、病あついミランダ伯母さんの枕もとにいったときに着ているのが、青いキャラコのドレスなんです。でも、やっぱり、あまり上等の印象がない。

さらにまた、レベッカを預かってくれたミランダ伯母さんのソーヤー家は、銀行の

破産なんかで家計が苦しくなり、レベッカは卒業のとき、白い寒冷紗のドレスを着ます。

学校では、水玉模様や無地の、スイス製のモスリンが流行で、カシミヤやアルパカみたいな毛織物を着ているコもいたというのに。（カシミヤもアルパカも、どちらも上等の毛織物）

そういうときに、1ヤール3ペニーか、4ペニーの寒冷紗のドレスを着るわけ。どういう布地なのかと思って、辞書で調べてみたら、本の背表紙につかう麻地（あさじ）と書いてあって、ガーンとショックを受けた覚えがあります。

でも、今、広辞苑で調べなおしてみたら、

（粗く固い、極めて薄い綿布、または麻布。装飾・造花・カーテン・蚊帳（かや）および裏打ちなどに用いる。唐布（とうぬの））

と出ています。

どっちにしろ、服地につかう布ではないのに、そんな服を着なければならなかったというところに、ソーヤー家の逼迫（ひっぱく）ぶりが表現されています。

男の人にはわからない、服地の描（えが）きわけで、そういう微妙なことがわかるわけね。

ところが、『リンバロストの乙女』には、優美な寒冷紗（ローン）という描写があって、頭が混乱してきます。

ローンといえば、品のいい、平織(ひらおり)のはりのある服地で、ローンシルクは、けっこう品のいいものです。いったい、どっちが正しいのやら……。

さてまた、次にタフタ。

これも、モスリン並みによく出てきますが、たとえば『丘の家のジェーン』。

ジェーンのお母さんが、夜会にいくときに着ていくのが、淡黄色のタフタのドレス。

あるいは、メリノ。

メリノといえば、やわらかな毛織物で、メリノの冬コートなんていうと、私には上等のイメージがあるのですが、『昔気質の一少女』のヒロイン、ポリーの初登場は、青いメリノの簡素な服でした。

それを見て、

「子供っぽい」

といったボストンのお金持ちの令嬢、ファニーが着ているドレスは、こうです。

「緋(ひ)と黒のスーツには、幅広のサッシュが結んであって、そのうえ、短い裳(パニア)や光ったボタン、ぎざぎざの飾りに薔薇房(ロゼット)に、まだまだ名もわからないような飾りがついているのだった」

　こうして華美なドレスを楽しんでいたファニーも、お父さんの事業の失敗で貧しい暮らしになり、衣装にも、ことかくようになります。

　ポリーの助けをえて、これまでの衣装を作り変える「衣装しらべ」という章があるのですが、読むだけで楽しいところです。

　衣装のつくり変えといえば、『リンバロストの乙女』にも、やっぱり、その手のシーンが出てきます。

　卒業まぎわになって、貯金がゼロであることに気がついて、エルノラは愕然とします。卒業式と、礼拝式と、舞踏会のドレスがいるというのに。

　そこで、お母さんが、エルノラが蛾や蝶をあつめて、お金に換えたときに代金をもらうという約束で、服をつくってくれることになったのですが。

　とある事情のため、お母さんは服をつくりません。

　礼拝式当日、新しい服がないと知ったエルノラは、ショックのあまり、鳥のおばさんのところにゆきます。

　今日は欠席するというエルノラに、鳥のおばさんは敢然と、女の可能性に挑戦します。

「『裁縫室から針箱と、裁物台にのっている、あの幅広の白いリボン一巻きと、家じゅうの化粧台から、白い留針をあつめて、全部もってきておくれ』

（中略）鳥のおばさんは、最近、自分のつくった長袖のレースのヨークをつかんで、さしだした。

エルノラが袖を通すと、鳥のおばさんは、しわを伸ばしたり留針でとじ合わせたりしはじめた。背中に、ちょっとつまみを取っただけで、ぴったり合った。

つぎに（中略）襟あきの広い、袖が肘までの白い絹のブラウスを取り出したのを、エルノラは着た。

それは大きさは十分だったが、がっかりするほど、みたけが短かった。

鳥のおばさんは袖をほどき、ところどころ留針でとめて、肩のところにふくらみを作った。ヨークの幅の広いドレープにとりかかり、前、後ろ、両肩で留めた。

次に現れたのは、鳥のおばさん自身の、やわらかな白絹のスカートだった。バンドを、エルノラの細腰より、たっぷり4インチ上に留めつけたので、まつわりつく絹を申し分なく、さばくことができた。

それから、鳥のおばさんは、自分の新しい上着に飾るはずだった幅広の白いリボンを、高く仕組んだ細腰に三廻り巻きつけ、結んだ端を床に垂らして、美しい帯とした」

まことにおみごと。

ドレスこそは、女の楽しみ。女の道楽。

私も実のところ、三十をこして、体型のあちこちに異変を生じてきたため、いざというときは和服を着るようになっていますが、反物を買うと、仕立て代をケチって、お母さんに送りつけているのです。母は、洋裁・和裁・編み物ができるので。

すると、わが母はすぐさま電話してきて、

「八掛け（裾まわし）は、なに色にする？　それに、あんたが買った胴裏地、どうみてもペラペラの安物で、使えないよ。着物だけはね、安物を買っちゃダメ。つまらない本かって、本よんで目を悪くしてるくらいなら、いい裏地を買いなさい。八掛け、なに色にする？」

と異様にリキが入っているふう。

私もまた、こと和服に関しては、母は尊敬すべき先輩だから、

「あたしは、うぐいす色がいいと思うんだけど。ジミかなぁ。お母さん、何色がいいと思う？　やっぱり、濃い金茶なんかも、いまハヤリの大正ロマンふうで、いいような気もするんだけどォ。だけど、ハヤリでつくると、和服はダメになるから。あれに合わせる帯は、やっぱり格負けしないように、プラチナ糸のはいった袋帯にしようと思ってんの。帯でアクセントつけられるから、八掛けは、おとなしいほうが上品だと

みてくれない？」

思うんだ。お母さん、どう思う？　呉服屋さんに反物もちこんで、ちょっと合わせて

と母を全面的に立てて、ご意見を伺います。

母は、すっかりご機嫌で、

「今はね、昔みたいに、あんまり裾まわしを出さない縫い方が主流だから。昔は、打掛けなみに、裾まわし出してたもんだけど。今は、そういうの下品てことになってるらしいからねえ。そういう意味では、うぐいす色がいいかねえ。そういえば、あの黒い大島ね、あれの八掛けも黒にして、モダンに仕立てたから。黒の八掛けで、いいのがなかったから、京都に染めの注文、出しちゃった。そのぶん、予算オーバーしちゃったからさ。ちゃんと、代金、送ってちょうだいよね。それとね、長襦袢は赤にすると、おくみや袖のつりから、赤がチラチラして、粋でいいと思うの。赤い長襦袢、一枚、つくっとこうか」

などなどと、とめどなく女同士の会話がはずんでしまいます。

孤児院育ちのジュディーが、

「（孤児院育ちの）ジェルーシャ・アボットが、ふたつのトランクにいっぱい詰まった着物を持っているなんて、信じられないでしょう。でも、ほんとうに持っているのよ」

と、あしながおじさんに手紙を書きますが、その嬉しさがわかろうというもの。ダンス・パーティーのことを書いた手紙に、

「服装のことをご報告しましょうか。

ジューリアのは、クリーム色のサテンに、金の刺繡がしてあって、紫の蘭をかざりました。うっとりするほど、美しかったわ。

サリーのは薄青のドレスで、ペルシャ模様の刺繡がしてあって、赤毛としっくり合うの。

わたしのは薄もも色のクレープ・デシンで、生地色のリンネルのレースと薔薇色のサテンのかざりがついています。（中略）

女の服装の、こういうこまごました報告をお聞きになって、おじさんもさぞかし、ほとほと感心していらっしゃることでしょう。

男の人って、なんてまあ、殺風景な一生を送らなくちゃならないのかしらって、思わないではいられないわ。

だって、シフォンとか、ベニスのポイント・レースとか、手縫いの刺繡とか、アイルランドのクローゼ編みとかいっても、男の人にとっては、なんの意味も持たないんですものね。

そこへいくと、女の人は、たとえ赤んぼうに興味をもっている女でも、あるいは細菌に、あるいは夫に、あるいは詩に、あるいは召使(めしつかい)に、あるいは平行四辺形に、あるいは庭に、あるいはプラトーの哲学に、あるいはブリッジ遊びに興味をもっている女であろうと、みんな同じく、心の底に、のべつ持っている興味は、服装なのです」

と書きます。

ほんとにほんとに、そのとおり。

服装しか興味のない、頭の軽いヒロインには、ちょっとついていけないけれど、でも、服装こそは人生の楽しみ。

善意にあふれた、よい子のヒロインでも、服のことで悩んだりしているのを読むと、まことに人間くさい感じがして、ホッとします。

今度、こういう小説を読むときは、おいしい食べ物や、心なごみ、目を楽しませるドレスのかずかずに思いをはせてみてください。

二倍、三倍たのしめます。

＊1 『続あしながおじさん』（ウェブスター作　村岡花子・町田日出子訳　角川文庫

刊）

＊2　『ミス・マープルと十三の謎』（クリスティ作　高見沢潤子訳　創元推理文庫刊）、あるいは『火曜クラブ』（クリスティー作　中村妙子訳　ハヤカワ・ミステリ文庫刊）で、ミス・マープルの魅力を堪能することができます。

＊3　『たんぽぽのお酒』（ブラッドベリ作　北山克彦訳　晶文社刊）

＊4　ミス・リードの村シリーズは『村の学校』『村の日記』『村のあらし』（いずれも佐藤健一訳）の三冊が今年（'90年）の12月に角川文庫から発売されます。

＊5　『家なき娘』（エクトル・マロ作　津田穣訳　岩波文庫刊）

〈付録〉友人Ａへの手紙

前略、Aさん、Bさん。

同人誌『C』を送ってくれて、ありがとうございます。

アハアハ笑いながら読みましたが、モンゴメリ特集にはずいぶん感心しました。よくできた特集号ですね。労作ではないですか。まとめて、本にできるくらい。

わたし、Bちゃんの文章、妙に好きだな。どっかトロいというか、一拍スピードがズレた、のどかーな文章でしょう。うーむ、ホメ言葉になってないな。

しかし、なにしろ、Bちゃんはわたしのイトコに顔がにていて、他人とは思えないのです。さすが北海道出身だけあるわ。あれは、ホッカイドーの顔よ。

「あの顔で、こういう文章はわかる！」

みたいな感じなのです、ハハハハハ。

同人誌『C』が届いたのは、風邪でダウンして寝込んでいるときでしたが、モンゴメリ特集を読むうちに、ついつい読みたくなって『青い城』[*1]を読み、すっかり盛りあがってしまって、ジーン・ポーターの『リンバロストの乙女』まで、読んでしまいました。

『青い城』はドコがいいって、あと一年の命と腹をくくったヴァランシーの、日常への反撃が愉快痛快で好きですね。

でも、ああいうところを痛快がるのは、苛められっ子の発想のような気もします。耐えに耐えていた主人公がバクハツするのを喜ぶのは、ほとんどヤクザ映画か、少年ジャンプのノリだもんな。

それはそうと、『リンバロストの乙女』も、いまや、ミス・リードものと同じように絶版の運命なのね。

わたしってば専門家でもないのに、絶版ものをいくつも持っているのね。ふふふ。

Bちゃん、羨ましいでしょう。わたしは、

角川文庫のミス・リードもの

をもっている!

『村の学校』『村の日記』『村のあらし』。

しかし、どうして、あの本が復活しないのか。文庫でン万部くらいはすぐに売れるだろうし、それでモトとれそうな感じがするんだけどな。シリーズでしぶとく出せば、のちのち伸びてくのに。

訳者の佐藤健一先生は、たしかどこかの大学の英文学の教授でいらして、わたしが大学生のとき、図書館にあったドコかの大学の紀要雑誌に、〈ミス・リードの世界〉みたいな報告文を書いてらした覚えがあって、おお！　と思ったのだけど。

あの本を復活させるために、力になれるといいんだけど。ほんとに、角川が版権を握っているの？

角川って、ジーン・ポーターの『リンバロストの乙女』や『そばかすの少年』。オルコットはオルコットでも『若草物語』だけではない『ライラックの花の下』『八人のいとこ』『花ざかりのローズ』『昔気質の一少女』（←しょーもねータイトルだな）。

あげくにエレナ・ポーターの『少女パレアナ』『パレアナの青春』とか。ケート・D・ウィギンの『少女レベッカ』『レベッカの青春』なんていうのまで出しておきながら、その後、ナシのつぶてだし、どうしようもないわねえ。

ドメスチック・クラシックとかコピーして、

『全国の司書、およびアンの一族のみなさんに急告！　黄金の少女の日々がかえってきます。ご自分のために一冊、腹心の友のために一冊、未来のために一冊、この機会におもとめください。すぐに品切れになりますよォ。めざせ再版、打倒絶版。読者のみなさまのご支援だけが頼みのツナです。出版社と読者のかきねをこえて、わたしたちの共有財産を守りましょう！』とかなんとかアオリ文章いれて、いっぱつフェアやって盛りあげれば、お商売になると思うのになあ。

そうだ、この企画を担当の人にいってみましょう。

それはさておき、モンゴメリについて、ちょっと、いわせて下さいまし。

つい最近、作家の田中雅美さんと電話でしゃべってるうちに、

「マアちゃんはケチだ」

「サエちゃんだって、ケチだ」

という話になって、お互いのケチぶりをけなしあっているうちに、ふいに、

「そうだ。わたしはケチだ。そうなんだ。わたしが家庭小説といわれる小説群が好きなのは、登場人物が10ドルや20ドルのことでヤキモキして、つましい生活をして、そのつましさに暖かさと価値を見出しているからで、つまり、ケチであることを恥じなくてもいいライフ・スタイルがいきいきと描かれているから、あのテの小説が好きなんだ」

ということに気がついたのでした。

まあ、ケチというと語弊（ごへい）がありますが、例外なく、登場人物は〈つましい生活〉を

していますでしょう。

アレが、わたしの生活信条とピッタリ合うのです。

わたしは北海道の地方育ちで、生活基盤は〈まち〉の生活でしたけれど、母の実家も、父の本家も、まぎれもない、めでたい田舎なのです。

そこではみな、ミソもショーユもナットーも手づくりで、土間のかまどでマキをたきつけてニワトリのエサをつくり、八畳はある広い台所の万能ストーブで、人間サマの料理をつくっておりました。

わたしが中学生になるくらいまで、台所の水はポンプでした。ポンプで地下水をくみあげて、料理をつくっていたのね。

一方、洗顔とか洗濯は、庭のまん中にある井戸の洗い場でやるわけです。どちらも、めっぽう美味しい水だった。

母方の実家は、千坪はある敷地内に、りっぱな田舎家があり、その家と同じくらいの大きさの廏舎とニワトリ小屋があり、さらに家の二倍はある納屋がありました。がっしりした石作りの蔵のそばに池をつくり、その周囲には栗の木や、梨の木が植えられていました。

家の周囲には、ヘビイチゴやグズベリが植えられていて、孫たちは家に集まるたびに、グズベリやイチゴをとって、井戸水であらって食べていました。

スズランや薔薇もてきとうに植わっていて、子たちはいつでも好きなだけ花を摘めたし、遊びつかれると、納屋のワラにうもれて昼寝をしました。

　廏舎の天井の梁に、ブランコの紐をゆわえて、わたしたちはいつまでもブランコを楽しんだものです。馬や牛のなき声をききながら。

　一族が集まると、おじいちゃんがかならずオンドリをつぶして料理してくれたし、わたしたちは生きたニワトリが目の前でつぶされるのを、さして残酷とも思わず、息をつめて眺めていて、臓物がとりだされると、

「それを煮たら、おいしいんだよねえ」

などと嬉しがっていました。

　秋になれば、オジサンたちが山にはいってキノコをとり、それを塩漬けして、保存食にしました。今でも、塩漬けのボリボリ（キノコよ）を塩抜きして、おミソ汁の具にしたものが、あらゆるミソ汁のなかで一番すきです。旨いんだ、これが。

　そういった生活スタイルを、わたしは小学校の高学年から中学生になるにつれて、〈田舎くさい〉と避けるようになり、いつのまにか、恥ずかしいものだと思うようになってゆきました。

　塩漬けのボリボリより、アップルパイやプリッツが素敵に思えたわけです。

　同時にまた、昭和四十年代に入ってから、農村のあり方も変わってゆき、かつての

生活スタイルは、現実にはどんどん失われてゆきました。

まさに、高度成長と歩調をあわせるように、日本的な農村風景や生活信条は失われてゆき、わたしもまた、それを当然のように思ってきました。というより、さして意識もせずに生きていました。

わたしが家庭小説群を楽しむようになったのは高校生からですが、そのころには、孫たちが田舎家に群れつどって、田園生活を楽しむといった一族の習慣は、なかば失われていました。

わたしが家庭小説群をむさぼるように読んだのは、いってみれば、失われた幼年時代をひきよせようとする無意識の手段でもあったわけです。

モンゴメリを語るときに、アンという少女像の魅力や、グリン・ゲイブルスの田園生活の楽しさを指摘するひとは多いですが、生活風景がじぶんの幼年時代と重なるという人の話は、なかなか聞かない。すくなくとも、わたしの年齢ではね。

でも、わたしにとっては、モンゴメリの描く世界は、なによりもまず、ひどくリアルであることに尽きるのです。北海道という土地柄のせいもあるでしょうけれど。

パフスリーブのワンピースにこだわるアンの心情は、女の子の永遠の共感をさそいますが、わたしはそれ以上に、ワンピースをつくる婦人たち、布を断つ雰囲気、ストーブにコテを当てる匂い、そういった風景になじみがある。

わたしの母は、わたしが高校生になるくらいまで、ほとんどの服を手作りしてくれましたが、それは今の世の中のように、母の手作りが愛情のシルシだとか、うざったくて恩着せがましい思想があったからじゃなくて、

「既製服を買うより、手作りのほうが、なんぼうか安い！」

からであり、服を縫える以上、買うよりは縫うのがアタリマエだったからです。

しりあいの洋装店にたのんで、布のはぎれをやすく譲ってもらって、婦人雑誌のパタンをとっておけば、けっこう流行のワンピースが、やすく作れたのです。

家計をあずかる母もハッピー、おニューの服をどんどん着れる娘もハッピーでした。

わたしは幼いころから、ウール100％の機械編みセーターを着ていましたが、なぜウール100％かといえば、ウール100％なら、三回までは、ほどいて編み直しができて経済的だったからです。

セーターがカーディガンに編みなおされ、カーディガンがふたたび、他の毛糸とまざりあってセーターに生まれ変わりましたが、わたしはそのたびに、セーターをほどく手伝いをしました。

冬のわが家は、ほどいて水で洗った毛糸の束が、天井からいくつも吊りさがって、石炭ストーブのうえで揺れていました。

毛糸をほしている間じゅう、家の中はひどくうす暗いのですが、毛糸の束を見上げ

ながら、

「まあ、ちょっと我慢すれば、新しいセーターが着れるんだから」

とわくわくして、胸のあたりに複雑な編みこみ模様をいれてくれと、見本帳をみながら、母に注文をつけていました。

ミソなんかが手作りだったのも、大豆があり、手間さえかければタダで作れるものを、マチの店屋で買うなんて、

「もったいないことだ」

という質実剛健（しつじつごうけん）、現実的な発想からだったのです。

手作りが安全だからというような発想は、まだなかった。ただ、単純に安あがりで、当然のことだったのです。（そろそろチクロ問題なんかも表面化している時期ではありましたが）

わたしは、そういう時代の雰囲気を知っているし、目と耳と肌と舌で、いくつも味わってきました。

なんと贅沢（ぜいたく）な幼年時代の時間と生活を、そうとしらずに湯水（ゆみず）のように浪費してきたことかと、モンゴメリや、ほかの家庭小説群を読むたびに思わずにはいられない。

運動会が村の大切な娯楽のひとつであり、出店（でみせ）がならび、香具師（やし）が口上（こうじょう）をいい、その中をピストルの音が鳴りひびく。

あるいは、農閑期に旅芸人の一座がきて、神社の境内に小屋をはり、三日三晩、芝居をうつ。

村の有力者たちはこぞって、旅芸人たちを夕食や昼食によび、芸人たちは浪曲や小唄をひとつふたつ披露して、座持ちをする。

あれは、追憶がもつ美しさ以上に、やはり豊かな文化の一風景ではなかったかと思うのです。あれは豊かな生活であり、生きる楽しさそのものだった。

そういった風景を思いださせてくれるモンゴメリの世界が、好きですねえ。

今はもう失われた、わたしの中に確かにあるいくつもの風景を、モンゴメリは優しく呼びさましてくれるのです。

たとえば冬の吹雪のなかを、鈴をつけた馬車ゾリが走ってゆく光景を、わたしは原風景のように、記憶の奥底に抱えこんでいます。

馬車が鈴をつけるのは、吹雪で視界がまったく見えないときに、その鈴音で、馬車ゾリが近くにいるのを、対向車線の車や馬車に知らせるためなのです。ぜんぜんロマンチックな意味はなくて、とても実用的なクラクションがわりなのね。

なのに、吹雪のなかをシャンシャンと鈴を鳴らしながらゆく馬車ゾリの日常的な風景は、いまとなっては安手のＮＨＫ・朝のテレビ小説でしか見られない。

画面のなかでは、馬車ゾリも鈴音も、ロマンチックな砂糖菓子みたいなものに化粧なおしさせられている。

必要以上に飾りたてられたロマンチシズムは、死化粧のように無残で醜悪です。

その醜悪さに、わたしはたしかに、あれらは失われたものだと実感するのです。

わたしはなにを失い、かわりになにを得たのか。

それは、交換するに足るものだったのか。正当な取引きだったのか。

トシを重ねるごとに、そんな思いがしきりとよぎります、モンゴメリとそのご親戚の本を読むと。

いまはなんとなく都市生活＝消費生活を送っていますが、心のどこかで、それは申しわけない、神をも恐れない行為だというケチ心が、わたしにはある。思想という高尚なものよりは、やはり根がケチなのね。

費やすばかりの生活が、正常であるはずがない。

街に溢れる雑誌やマスコミは、消費が美徳で、遊びも知性さえも消費によってしか具現できない現実をこれでもかこれでもかと見せつけて、ケチなわたしは息がとまりそうです。バチが当たるぞと、どきどきします。心が痛みます。

その痛む心を、いやしてくれるのがモンゴメリそのほか、ご親戚一同さまのご本というわけです。

わたし自身の中にある、つましさ＝幼年時代に対する、やみがたい郷愁。喰って、寝て、働くという生きる基本形へのゆるがぬ信頼。それらが、わたしをモンゴメリご一行さまの小説群にかりたてるのです。

あれこれと書きましたが、そういうわけでモンゴメリが好きで、その他の家庭小説群のなかでは、『リンバロストの乙女』がいちばん好きです。『リンバロストの乙女』って、前半部分はいかにもみみっちく、いかにしてヒロインが金を稼いで、こまごましたドレスや帽子や靴を手に入れるかという物語でしょう。その、逃げも隠れもない〈つましさ〉が好きですねえ。

Aさんは著書のなかで、たしか『家なき娘』のことをとりあげて、ヒロインが森のなかでひとり暮らしするとき、いろいろ工夫するところが楽しいと書いていたでしょう。わたしはそれを読んだとき、そのとおりだ！　と膝を打ちましたよ。

わたしも『家なき娘』は死ぬほど好きですが、どこが好きかと問われれば、工場で働いて得たわずかな稼ぎで、安いキャラコの布をかって、手作りナイフで布を断って下着をつくるとか、ブリキの空き缶をひろってきて鍋をつくるとか、森のなかで卵をみつけてきて、だいじに料理して食べるとか、ああいう部分にうっとりしてきます。ああいう、けなげなつましさに、ケチな女心はゆれるのです。

『アルプスの少女ハイジ』にしたって、泣けるのは夢遊病になるところじゃなくて、ふかふかの白パンにこだわるところです。

うちの近所のパン屋では、ハイジの白パンという、なんの変哲もないフツーのコッペパンを売ってますが、ついつい買ってしまいますよ。

『フランダースの犬』[*2]の外国映画があって（アニメじゃないよ）、わたしはガキのころ、すでに二回はテレビ放映をみてますが、あれで泣けるのは、パトラッシュがもらった骨を、おじいさんがスープにいれて、いじましくダシをとるところです。さぞ、旨いスープになったろうと思うのです。

話はばんばん飛びますが、むかし『ワイオミングの兄弟』[*3]という外国ドラマのNHK放映があって、開拓時代のアメリカ中西部に生きる兄弟たちの物語だったような気がするのですが、その生活描写が好きでした。

暖炉にさげたシチュー鍋。匂いたつようなコーヒー。

それらは、形を変えた、幼いわたし自身の生活風景でもあったのです。

シチュー鍋のかわりに煮物鍋が、コーヒーのかわりに甘酒の小鍋が、ストーブの上でよい匂いを放っていた日常の日々が、たしかにありました。

わたしはいつもいつも父と一緒に、そのTVを見ては、その夜はカレーをヒネったようなビーフシチューをつくって食べて（肉はヒキ肉）、うっとり満足していました。

あのドラマも、自然に生きる、けなげなつましさが輝いていたなあ。

つましさ、貧しさは恥じることではなく、生きる強さとてごたえに結びついていた。TVドラマの『大草原の小さな家』[*4]は、なにか、ファミリーや少女感覚が全面に出ていて、アザとい感じがして好きになれないのですが（原作の小説は違うそうですね？）、『ワイオミングの兄弟』は好きでした。

そうだ、あれの原作本があったら、教えてください。


話があちこち飛びましたが、モンゴメリを語るとき、〈つましさ〉が女の共感をよぶ——という部分に特に注目していただきたく、一筆したためました。

いまどき、こういう視点で、あの小説群を読む人々はいないのかしら。隠れた、つましさ軍団がいると思うんだけど。こういうことというのが、すでにトシとった証拠なのかしら。

いってみれば、森茉莉の『贅沢貧乏』[*5]の思想だと思うんですよ。ああいう思想は、女の指からしか生まれないものです。

そのうち、ぜひとも〈つましさの競演——ビンボーの楽しさを読む〉とでもサブタイトルできそうな家庭小説・田園小説特集をやってください。

そういう小説で、わたしの知らないのがたくさんあるだろうから、それを知りたいし、読んでケチ道をきわめてみたい。ケチなわたしは、ぞくぞくします。

でもなあ。

ビンボーの楽しさや豊かさを語るというのは、ある意味で、ひどく悪趣味なことではあるわね。ビンボーより、金持ちがいい。そう思って、みんなが額に汗して働いてきたのが今の日本なのだし、実際、ほんとうの貧しさはみじめで、救いのないものだろうとは思うのです。

わたしはいまの豊かさにケチをつける気はないし、子供たちが飢えずに、欲しいものが手に入る喜びや嬉しさ、楽しさは、やはり得がたいものだと思っています。ソ連のマクドナルドを思い浮かべるまでもなくね。

でも、失われたものはやはり、ある。

失われたものとはずばり、自分自身の人生への素朴な信頼です。

親の世代のひとびとは、生活実感としてもっていた美徳や風俗を、高度成長とともに惜しげもなく切り捨ててきました。その結果、回帰すべきものがない危うさのなかで、生きざるをえない。

自分たちを育んだかつての生活風景は、貧しいもの、みじめなものとして否定されている。過去を否定された人間は、現実を際限なく肯定して生きてゆくしか、すべがありません。

「われわれが頑張ってきたから、ここまで豊かなニッポンになったのだ」という誇りをよりどころに、現状を肯定し、貧しさをしらない若い人たちに感謝を要求しながら生きてゆくしかないのです。

彼らの人生は、子の世代の感謝によってしか、祝福されない。時代と手に手をとって、自分たちの原風景を否定してきた果てに、今の豊かさがあるから、この豊かさに疑問をさしはさむことができない。疑問をもてば、戦後の数十年の人生がパーですものね。

一方、若い連中は豊かな時代を、当然のように享受していて、感謝するどころではない。貧乏をしらない世代が、貧乏はイヤだといい、親の世代の貧乏を嗤う。嗤われる親たちは、それを叱れない。貧乏は悪だという哲学で、すべてを切り捨ててきたのは、ほかならぬ自分たちだから。

豊かさは次の豊かさを要求せずにはいられず、そのなかで親世代の人々は常に、ハンデを負っています。生まれたときから豊かなガキどもには、どうしたって負けるのです。

あれほど望んだ豊かさのなかで、敗者の苦しみを味わわねばならない親の世代の人々は、傷つけられ、苛立っている。

苛立ちと苦々しさから逃れようとして、

「わたしは親だ。子どもたちに、豊かな生活をさせるために頑張ってきたのだ」という役割分担のなかに、アイデンティティを求めて、逃げこむのです。

豊かな生活をしたかった、だから頑張ってやってきた、そうして老いてみたら、今の金あまりライフにぴったりこない部分がある。

頑張った自分たちより、頑張らないタナボタ式のアホガキどものほうが楽しげなのがイマイマしく、かといって不満をもらすガキどもがいるのはもっと許せない。そやったら、ビンボーしてみろちゅうんじゃ。なにを間違ったんやろ、けど過去は帰らへんし、やっぱり貧しさはいややし、いったい、どないせいちゅうんじゃ！——と素直にいえない親たちが、子どもたちを抑圧してゆく。

子どもたちに、OKだといって欲しいのです。

「わたしは幸福だ。わたしの幸福は、あなたたちのおかげだ。あなたたちの人生は間違っていない」

といってほしい。それなしには、今ひとつ、自分の人生に自信がもてないのです。

子供が不幸だと呻（うめ）いたり、この社会はどこかおかしいんじゃないかと呟いたり、悩みをもったりするのは、自分たちの人生への批判、否定、疑問に他ならない。そういう子供たちはごく少数派なのだと思わなければ、自分たちの人生は完結しない。

それはやはり、不幸なことです。

Ａさんは、今という時代を生きる子どもたちの危機を重視する立場をとっていますが、わたしは、親の世代の人々が、残る十―二十年の人生を、誇りをもって生きてゆくことのできない現実を憎らしく思います。

現実のなかで、ついに自分の人生に価値をみいだせないまま老いてゆく人々に、ふかい同情と、しかし怒りと苛立ちがある。

貧しさを知っている世代の人々が、貧しさの回避から、現状維持の政治や、世の中をのぞむ。

しかし一方では、それらの政治や経済体制がうみだした今という空前絶後の飽食時代のなかで、よりどころを失い、精神的な故国喪失者になってゆく矛盾をどうするのか。

子どもも危機であるように、親たちにとっても危機であり、残っている時間は少ないぶんだけ、親の世代の人々に、絶望ににた共感と怒りがあります。

それに比べたら、いくら辛いのなんのといったところで、子どもたちにはまだ時間が残されているだけ、可能性がある。

たぶん、Ａさんとわたしの考え方や感性の、決定的な違いは、そこだろうと思います。

わたしは大人対子供の二元論で、大人をとらえることができない。

子供が大人の抑圧によって傷ついているのだとしたら、大人もまた、時代の抑圧に翻弄（ほんろう）されているように思える。

その時代は、だれが作ったのかといえば、それはイマの大人だけの責任ではない歴史のつみ重ねがある。近代から現代へと社会が激しく変わってゆくときのひずみが、人々を傷つけていった。

親もまた、なにものかの犠牲者であり、救われなければいけない存在なのだと思うのです。親が救われてないから、子どもも救われない。

しかし、親が自分で自分自身を、愛する人を救わなくてはならないのに、子供や異性に救いを要求しちゃうんだな。安易に、子どもに救われようとする。

母親は子どもに、夫は妻ではない若い女に、救いをもとめる。

そこに親子問題と家庭問題が勃発（ぼっぱつ）する。

それがやはり、罪といえば罪です。

こちゃこちゃ書きましたが、なんでモンゴメリから、こういう話になったのか、いまは夜中の二時半すぎで、遅れに遅れた原稿を書かなければならず、しかし、まったく筆がすすまないので逃避的な気分で手紙を書いたのが、どんどん長くなってしまったようです。

その裏には、小説を書きたくないという逃げが、あるわけですね。試験の前の日は、やたら読書したくなるのと同じ心理で、〆切前には、手紙に書きたいことがイロイロ出てくるわけです。ああ、困った。原稿を、どうすりゃいいんだ。ともかく、手紙はこれで打止めにして、そろそろ原稿にかかります。困った困った。

ではまた。

1990年　3月1日　午前6時すぎ

氷室冴子

Aさん、Bさんへ

＊1　『青い城』（モンゴメリ作　谷口由美子訳　篠崎書林刊）［のち、角川文庫］

＊2　映画「フランダースの犬」（A Dog of Flanders　ジェームズ・B・クラーク監督　デヴィッド・ラッド主演　'60年アメリカ作品）は'90年10月現在ビデオ化されていません。

＊3　TV映画「ワイオミングの兄弟」（The Monroes）はNHKテレビで昭和42年10月から26回放送されました。1870年代のワイオミングを舞台に、両親を失くした子供たちが力をあわせて農場を建設しようとする物語です。

＊4　TV映画「大草原の小さな家」（Little House on the Prairie）は、NHKテレビで昭和50年3月から57年9月まで放送されました。現在でも時々再放送され、そのつど高視聴率をあげている名作です。最近①〜⑤巻までビデオ化（松竹）されました。［のち、DVD化］

＊5　「贅沢貧乏」（森茉莉作）は『森茉莉・ロマンとエッセーII』（新潮社刊）に収められています。［のち、講談社文芸文庫］

あとがき

この本でとりあげているのは、十数年前まで〈家庭小説〉とよばれていた物語群です。

『赤毛のアン』や『若草物語』といったタイトルくらいは、たとえ読んでいなくても、一度は聞いたことがあるだろうと思いますけれど、そういった物語について、思いうかぶままに書いてみました。

このエッセイを書くいきさつのようなものは、『友人Aへの手紙』にちらりと出てきます。

『友人Aへの手紙』は、じつはノン・フィクションで、ほんとに、友人にあてて書いた手紙です。気恥ずかしいので、名前はぜんぶ伏せていますが。

ワープロを使いはじめてから、たくさん手紙を書くようになって、しかもフロッピーに残してあるので、こういう採録もできるようになりました。

こんな長い手紙をもらった人も、気の毒だったな。

もらったあと、悪夢にうなされて眠れなかったといってましたが、わかるような気もします。

本来なら、とてもプライベートな手紙だし、発表するような性質のものでもないのですが、いろんな事情がはっきり書いてあるので、思いきって、おさめました。

数年前、とある講演会でご一緒した、児童文学の専門家の人がいて、彼女は手書きの同人誌をつくっています。

ときおり、その同人誌を送っていただくのですが、あるとき、その同人誌でモンゴメリ特集をやっていました。

そのお礼の手紙を書いているうちに、なぜか筆がすべってしまって……――関係ないことまで、どんどん書いてしまいました。

で、手紙を書きおわってからも、

(かつて角川書店さんが、ごっそり家庭小説を出してくれていたのに、いまや品切れになっているのはアンマリだ。いま、読んだって、なかなか読みごたえのあるものだし、子供のころ、こういうの読んで、大人になって、なつかしがってる人だっているはずなのに。なんとか再版してほしいもんだ)

なんて思うようになり、ある日あるとき、わたしは勢いあまって、角川書店の担当の編集者の方々に、

（家庭小説の再版）

という企画をもちこんだのです。

それが思いもかけず、さまざまな紆余曲折をへて、なんとか再版してくださるメドがたったので、感激と感謝のあまり、

「書きおろしの、家庭小説入門みたいなエッセイ、書きましょう！」

と断言していたのでした。

だから、この本は、家庭小説の手引きであるはずなのだけれど、あまり入門書らしい仕上がりにならなくて反省しています。

専門家ではないので、どうがんばったところで、愛読書をめぐる、とても個人的な雑談で終わってしまったようです。

手引き書とは関係なく、ただただ楽しく、ある人にはなつかしく、ある人には新鮮に読んでくださると嬉しいです。

ここにあげた本のほかにも、好きな本はたくさんあります。

ページのつごうで、ミス・リードの村シリーズなんかを取り上げることができませんでしたが、これもなかなかの作品。

村の小学校の女校長の日常のスケッチが、英国の風景や村の行事とともに、やや辛

辣なユーモアをまじえて、淡々と描かれています。

わたしの好みだけでいいますと、『村の学校』『村の日記』『村のあらし』とつづく順番のうち、『村の日記』から読みはじめたほうが、スンナリ入れます。

『村の学校』は、田園風景や村の描写がすぐれていて、いかにもイングランドという風情ですが、やや、たるい感じがする。

『村の日記』で愛すべきキャラクターたちとおなじみになったあとなら、村の描写にも、

(なるほど!)

とピッタリきます。

もちろん、読みやすさを追求するより、順番を大事にしたいというベーシックな人もいるはずですから、読む順番はお好みしだい。

訳者の佐藤健一さんの文章は、いかにもイギリスらしい実直さと、上品でさりげないユーモアに溢れていて、ゆたかな味わいがあります。

わたしは高校生のころ、ベストセラーとはぜんぜん関係のない、こういった物語群に熱中して、それから日本の家庭小説、いわば〝少女小説群〟へとしだいに興味がうつってゆきました。

わが故郷の街には、貸本屋が四軒あって、それもひとつひとつ潰れてゆき、大学生

になるころには、最後の一軒が潰れてしまいましたが、潰れるという噂をききつけると、貯金をおろして、自転車にのって駆けつけたものです。

そこの貸本屋のおじいさんは、山手樹一郎の時代小説がお好きで、たくさん集めていらして、ふるい少女小説はとても少なくて、二十冊となかったですが、それでも全部、買いうけることができました。

今でも覚えていますが、一冊、二十円。ほとんど、叩き売りみたいでした。

なのに、山手樹一郎の時代小説は、最後の最後まで売りおしみしていて、一冊、百円でなきゃ売らないというのです。すごいサベツ！

結局、山手樹一郎のも、『遠山の金さん』『わんぱく公子』なんか好きだったので、たくさん買いましたけれど。

それにしたって、百円と二十円の差はおおきくて、

（一冊、二十円の価値しか、ないっていうのかよう。あんまりじゃないの！）

と思ったものです。

ともあれ、そうやって、円地文子先生が書かれた『母月夜』なんていう〝少女小説〟も、大林清の『母恋ちどり』も、城夏子や吉屋信子の一世を風靡した作品群も、手にいれることができました。

ホコリをかぶり、紙も上質のものではなかったので虫食いがすごくて、ページをひ

らくと、パラパラと崩れそうになるので、注意ぶかく、一ページ一ページ、そうっと開いて、読んだものでした。ホコリのせいで、くしゃみしながら。

吉屋信子の作品群は、現在もポプラ社文庫にかなりの数がでそろっており、傑作『紅雀』『わすれなぐさ』などは今でも読めますが、他の作家の作品は、なかなか読むことができなかったのに、いっぺんに、いろんな本が読めてハッピーでした。

おかげで、外国の〈家庭小説〉と、日本の〈少女小説〉の読みくらべみたいなことも、できました。

外国の家庭小説にくらべて、日本の〝少女小説〟は、運命のイタズラみたいな、いわゆる情況ドラマが主流で、アンやジョー（『若草物語』）みたいな、意志のはっきりした、個性のつよい少女キャラクターは少ないようです。

それは時代の限界とか、個性を発揮するのをきらう日本的な風土のせいもあるのですが、けれど、そんな制約のなかで、それぞれの〝少女小説〟の女の子たちは、精一杯、生きていて、とても好きでした。

わたしが大学生のころには、そういう女の子のための小説がなくなっていて、〝少女小説〟という言葉そのものが、死語になっていました。かろうじて、ジュニア小説というふうに、いわれてましたが。

そんな現状への皮肉や、むかしの小説への愛情をこめて、小説のなかで、〝少女小説〟という言葉を使って十年たらず。

　いまや、〝少女小説〟という名前は、みごとに復活していますが、なんだか、あんまり、いいイメージがないみたいで、ちょっと残念です。

　どこかの書評に、読みすて専用のゴミ本とかいわれてたし。とほほ。

　それは、わたしを含めた書き手側の責任だし、正面から受けてたつべき批判ですが、一度ついたイメージは、なかなか拭い去れなくて、むつかしいもんです。

　だから、この〈家庭小説〉という名称も、ちょっと不安が残りました。

　へたに復活させようとすると、ろくでもないカラーがつきそうで、一度、偏見をもたれてしまうと、どうしようもないですからね。

　かといって、ふさわしい呼び方がみつからない。

　この手の小説が好きな友人たちと、どういう呼び名がふさわしいか、相談したこともあるのですが、

「ホームの温かさを書いてるわけだからさ。ホーム、アットホーム……、なにか、いい英語ない？」

　といったとたん、

「いまどき、ホームといえば、ホームレスよ」

　と冷たくいわれて、絶句してしまった。

「じゃあ、そのままストレートに、家庭小説かな、やっぱり」

といったら、さらに冷たく、

「いまどき、家庭といえば家庭崩壊、一家離散(いっかりさん)とくるわね」

といわれて、もうもう、言葉もなかった。

なんという、あやうい時代を生きているのかしら、わたしたちは。夢も希望も、ありはしないわ。

エッセイ中では、とりあえず、ほかにいいようがないので〈家庭小説〉という言葉をつかっていますが、あまり、そういう名称にはこだわらないでください。

ようするに、読んで、楽しんでくだされぱいいんです。

本に必要なのは、レッテルではなく、中身ですから。


このお仕事のおかげで、かつての、なつかしの愛読書をまとめて読みかえすことができて、とてもとてもハッピーでした。

なかには、この仕事のために、初めて読んだモーリーン・デイリの『十七歳の夏』のような青春小説もあります。

この一冊にであうためだけにでも、このエッセイを書いたカイがあろうというもの。

ラッキーラッキー。

訳者の中村能三さんの文章は、詩のようにきれいで、作品の印象を決定づけています。

わたしは一度、ゆっくりと読んだあと、もう一度、頭のなかで、文章を〝だ〟体で翻案しながら読み返してみましたが、それぞれに印象のちがう、けれどほんとうに、よい作品でした。

この本が再版されることの嬉しさを思うと、ちょっと得意な気分になるほどです。そしてまた、ふと、翻訳者の方々の力量、熱意といったものを思わずにはいられませんでした。

独特の文体で、今なお根強いファンをもつ村岡花子さんや、上品な文体の松本恵子さん。

あたたかみのある龍口直太郎さん。礼儀ただしい文体の吉田勝江さん。

ほのかなユーモアのただよう佐藤健一さん。原書への愛情にあふれた中村能三さんの文章。そのほか、たくさんの翻訳者の方々。

そういった方々が、文学史に名ののこる大傑作だけではなく、軽視されがちな、こうした家庭小説や青春小説をとりあげ、読みやすい翻訳をしてくださったおかげで、品切れになって書店から消えてしまってからも、記憶にのこる作品として、生き続けてきました。

こういった作品を翻訳するのは、功名心だけではできないことです。物語への愛情や共感や、熱意がなければ。

オルコットの章でも書きましたが、当時の女流作家たちが描くヒロインは、ピューリタニズムと結びついて、意志の強い、プライドのある、社会に貢献しようという意欲のある女の子でした。

日本の大正、昭和の女流文学者が、こういった物語群を、熱心に翻訳なさったのも、わかるような気がします。

時代の制約のなかで、生き方をさがして、もがいていた女性知識人には、プライドをもって、自分の意志で生きてゆこうとする女の子像が、さぞ心強く、新鮮にうつったことでしょう。

そういった、たくさんの翻訳の先生がたの、熱心なお仕事のおかげで、今までも、これからも、たくさんの物語が生きつづけてゆけます。

心からの敬意と、感謝をささげます。

最後に、いくつかの物語の再版が実現するきっかけをつくってくれた友人、児童文学の専門家、赤木（あかぎ）かん子さんに感謝します。

また、こちらが持ちこんだ、海のものとも、山のものともつかない企画に耳を傾けてくださった編集部の大和正隆さん、佐藤八郎さん、大塚菜生さんに感謝します。

そして、企画実現にむけて、十数冊の〈家庭小説〉再版に動いてくださる角川書店さん、関係各位のみなさんに、言葉ではいい尽くせないほどの、心からの感謝を。

さらにまた、表紙を飾ってくださった、きたのじゅんこさんに感謝します。今回、どうしてもきたのさんに……と無理にお願いして、お忙しいきたのさんを困らせてしまいましたが、おかげで素敵なイラストを描いていただけました。ありがとうございます。

ひとりでも多くの読者の方々が、本書中のまぼろしの名作を手にとって、ともに楽しんでくださることを願っています。

もし、これらの本を書店でみかけたら、こういう世の中だし、いつまた再会できるかわからないので、ぜひぜひ、手にとってください。

今すぐ、読まなくてもいいんです。手元においてあるだけで、本棚のひとすみにあるだけで、そうっと輝く宝石みたいな物語ですから。

解説

斎藤美奈子

高校生のころ、どんな本、読んでました？　あるいは現役の高校生ないし中学生のあなたはいま、どんな本を読んでます？

本は原則、ひとりで（こっそり）読むものですが、とはいえ、同じ本を読んだ仲間と「ここがよかった」「あそこが最高だった」などと語り合うほど楽しいことはない。もちろん本に限らず、マンガでも映画でもドラマでもアニメでも、全部そうなんですけどね。時間を忘れて、ずーっとしゃべっていられます。

さて、本書『マイ・ディア　親愛なる物語』は少女小説界のレジェンド氷室冴子先生の、とびきり楽しい読書エッセイ兼ブックガイドです。本について語り合う楽しさを思い出させてくれる「一冊で読書サークル」みたいな本でもあります。

取り上げられているのは、欧米では「家庭小説」、日本では「少女小説」と呼ばれるジャンルの本。作者は女性、主人公も女性、想定された読者も女性。一九世紀後半から二〇世紀前半の、やや古めの翻訳小説です。

このジャンルで有名なのは、モンゴメリ『赤毛のアン』、オルコット『若草物語』、ウェブスター『あしながおじさん』、そのへんですよね。

ところが、本書には『赤毛のアン』も『若草物語』も『あしながおじさん』も登場しません。いや、あちこちに登場はしてるんですよ。登場はしてるんですけど、この本の中では脇役です。「みなさん、このへんは当然、お読みになっているわよね」な前提で、この本全体が書かれている。

じつはこれには理由があって、「あとがき」で冴子先生（と呼んじゃいますが）も書かれているように、もともと本書は、古い家庭小説を集めた角川文庫「マイディアストーリー」シリーズの手引き書として書き下ろされた本でした。先生が自ら持ち込んだ企画なだけに、シリーズは名作ぞろい。ですが入手困難な本の復活が目的だったため、知られざる名作、知る人ぞ知る名作がメインです。

登場する本が一見マイナー、あるいはマニアックなのはそのためです。残念なことに、今日ではこのシリーズも廃版になり、図書館か古書でしか手に入らない作品も、ここには含まれています。よほどのマニアを別にすれば、本書に出てきた作品を全部読んだことがあるという人は少ないのではないでしょうか。

しかし、だからといって、本書そのものがマニアックというわけでは当然ありません。同好の士と知ってる本について語り合うのはおもしろいけど、知らない本について知ってる人から聞くのも、やっぱりおもしろいのよね。

私自身、この本を読むまで知らなかった作品が何冊もありました。

一冊だけ例をあげると、冴子先生イチオシのジーン・ポーター『リンバロストの乙女』（村岡花子訳）です（「ハウス食品におねがい」）。アニメの企画担当者に〈見落としてる作品があるんじゃないですか？〉と詰め寄り、〈『ハイジ』や『赤毛のアン』をしのぐ物語〉と豪語し、〈今もって、家庭小説の愛読書No.1〉と断言する。そこまで絶賛されたら、気になるじゃないですか。

なので読んでみました『リンバロストの乙女』。で、茫然自失しました。なんで今まで、これを知らずにいたんだろう私は（『リンバロストの乙女』は復刊されて『マイ・ディア』と同じ河出文庫に入っています）。

詳しいことは本文に譲りますが、『リンバロストの乙女』は一六歳のエルノラ・コムストックが、周囲の協力を得ながら、自力で学費を稼いで高校生活を送る物語です。財源は彼女が自ら採集し、コレクションしてきた蝶や蛾の標本でした。大学進学への鍵を握るのも蛾、母親との関係が悪化した原因も蛾、物語の後半（下巻）で登場する青年フィリップ・アモンと急接近したキッカケも蛾。自然と親しむ主人公はほかにもいますが、エルノラは少女小説界きってのリケジョないしフィールドワーカーといっていいでしょう。作中で描かれた美しい蛾の描写を読めば、虫が恐くて触れないなんていってるヤワなお嬢がみな、トンチキに思えてくる。

作者のジーン・ポーターについて、冴子先生は〈オルコットの教訓臭さ、モンゴメリのシニカルさがないのです。とても自由で、風とおしがよい〉と評していますが、これはまことに的を射た一言です。ジーンの美質だけでなく、オルコットやモンゴメリの特質まで、ズバリいい当てちゃっている!

この章以外にも『少女パレアナ』は〈夏休みの家族むけミュージカル〉にぴったりとか(実際、『少女パレアナ』はこの後、ミュージカルになりました)、『少女レベッカ』は〈いろんな小説の寄木細工〉とか、いいえて妙な至言が続出。実作者ならではの観察眼に裏打ちされているのはもちろん、このブックガイドがおもしろいのは、批評的だからなんですね。

本書の魅力はしかし、そこにとどまりません。しょっちゅう脱線しては、連想ゲーム式に話がみるみる広がる。「一冊で読書サークル」と申し上げたのは、まさにこのエッセイ部分がこの本を思いっきり楽しくしているからです。

アガサ・クリスティをめぐる友人との会話もそう。主人公は「飛びこみ型」か「巻きこまれ型」という考察もそう。高知弁の小説(これは『海がきこえる』でしょうか）執筆中のレベッカ談義もそう。六歳上の姉との掛け合いなどまさに小説そのもの。さらに読者の共感を誘ってやまないのは、作中の食べ物とドレスについて語った最終章（「ひとやすみにお茶を……」）でしょう。引用をたっぷり盛り込んだこの章は「わかる、わかる」の連続攻撃です。

歴史をさかのぼれば、「家庭小説」は生産労働の場と家庭生活の場が分離し、「男は仕事／女は家庭」という性別役割分業社会が成立した一九世紀に成立したジャンルです。いいかえると、よき家庭婦人を育てるための教育的効果が期待されていた。ところが、幾多の女性作家の手で書かれた実際の作品は、表向きは良妻賢母教育のツールみたいな顔をしながら、大人社会を欺くように、ジェンダー規範を軽やかに超えていく多くの主人公を生み出しました。

数年前、九編の少女小説（家庭小説）を論じた本を書いた際、あらためて私は著名な少女小説を熟読したのですが、その時考えたのは〈世界中の女性を一〇〇年もの間魅了する物語が「女はおとなしく家に引っ込んでな」式の後進的かつ差別的な物語であるはずがない〉（『挑発する少女小説』）ということでした。

それと似たことを冴子先生も書いています。〈今よんでも、百年前の〈家庭小説〉の主人公たちは、みんな意志的で、理想にもえ、社会に有益な人間になろうと努力する、涙ぐましい女の子ばかり。／それは、みえない偏見と闘いながら、書くことをやめなかった女流作家の、理想の女の子像でもあったのでした〉と。

最後にもうひとつ本書の魅力をあげるなら、本好きだった一人の少女が作家・氷室冴子になるまでの、過程の一端が垣間見えることです。北海道ですごした幼年時代の記憶。『野口英世』にはじまる読書歴。高校生で耽溺した家庭小説（少女小説）。そのすべてが後の氷室冴子ワールドの血肉になっている。

氷室冴子がデビューしたのは一九七七年。大学在学中のデビュー作『さようならアルルカン』は、自己主張のできない主人公が強い意志を持った同級生の女の子を憧憬をもって見続ける繊細な青春小説です。翌年の『白い少女たち』で札幌の名門女子校の寄宿舎を描いた氷室冴子は、一九八〇年、同じく女子校の寄宿舎で三人の女生徒が活躍する『クララ白書』で大ブレイク。シリーズ化されたこの作品は、創設まもないコバルト文庫を代表するロングセラーとなり、その後の少女小説を、あるいはライトノベルを牽引することになります。『マイ・ディア』が出版された一九九〇年、三十代になった彼女はすでに、押しも押されもせぬ大スター作家でした。

であるのに、まるで仲のいい友達とのオシャベリのような、この語り口。冴子先生と、つい呼んでみたくなるではありませんか。

冴子先生と同学年の私は、彼女が活躍していたころにはもうコバルト文庫の世代ではなく、作品を読んだのはずっと後でしたが、それでも氷室冴子の名は読書界に轟いていました。二〇〇〇年代以降にデビューした女性作家で、氷室冴子の影響を受けていない人は、ほとんどいないのではないでしょうか。

そんな冴子先生は、二〇〇八年、五一歳の若さで世を去りました。それからもうじき二十年。『マイ・ディア』の初版から数えれば三十数年が経過しています。しかし、この稀有な読書エッセイ兼ブックガイドには、まったく古びたところがありません。氷室冴子が過去の少女小説のDNAを受け継いで次の世代にバトンタッチしたように、二一世紀の作家は氷室冴子のDNAを受け継いでいる。ゆえに少女小説（家庭小説）は永遠に不滅なのです。そうですよね、冴子先生。

（さいとう・みなこ／文芸評論家）

本書は一九九〇年十一月、角川文庫から書き下ろしとして刊行されました。

本書中、今日からみれば不適切と思われる表現がありますが、書かれた時代背景と作品価値とに鑑み、そのままとしました。

マイ・ディア 親愛（しんあい）なる物語（ものがたり）

二〇二五年 四 月一〇日 初版印刷
二〇二五年 四 月二〇日 初版発行

著 者 氷室冴子（ひむろさえこ）

発行者 小野寺優
発行所 株式会社河出書房新社
〒一六二－八五四四
東京都新宿区東五軒町二－一三
電話〇三－三四〇四－八六一一（編集）
〇三－三四〇四－一二〇一（営業）
https://www.kawade.co.jp/

ロゴ・表紙デザイン 粟津潔
本文フォーマット 佐々木暁
本文組版 株式会社創都
印刷・製本 中央精版印刷株式会社

Printed in Japan ISBN978-4-309-42177-3

挑発する少女小説

斎藤美奈子　42094-3

若草物語、赤毛のアン、あしながおじさん……大人になって読む少女小説は、発見に満ちている。かつて夢中になった人にも、まったく読んだことがない人にも。あの名作はいま、何を教えてくれるのか？

リンバロストの乙女　上

ジーン・ポーター　村岡花子〔訳〕　46399-5

美しいリンバロストの森の端に住む、少女エレノア。冷徹な母親に阻まれながらも進学を決めたエレノアは、蛾を採取して学費を稼ぐ。翻訳者・村岡花子が「アン」シリーズの次に最も愛していた永遠の名著。

リンバロストの乙女　下

ジーン・ポーター　村岡花子〔訳〕　46400-8

優秀な成績で高等学校を卒業し、美しく成長したエルノラは、ある日、リンバロストの森で出会った青年と恋に落ちる。だが、彼にはすでに許嫁がいた……。村岡花子の名訳復刊。解説＝梨木香歩。

そばかすの少年

ジーン・ポーター　村岡花子〔訳〕　46407-7

片手のない、孤児の少年「そばかす」は、リンバロストの森で番人として働きはじめる。厳しくも美しい大自然の中で、人の愛情にはじめて触れ、少年は成長していく。少年小説の傑作。解説：竹宮恵子。

スウ姉さん

エレナ・ポーター　村岡花子〔訳〕　46395-7

音楽の才がありながら、亡き母に変わって家族の世話を強いられるスウ姉さんが、困難にも負けず、持ち前のユーモアとを共に生きていく。村岡花子訳で読む、世界中の「隠れた尊い女性たち」に捧げる物語。

スカートの下の劇場

上野千鶴子　41681-6

なぜ性器を隠すのか？　女はいかなる基準でパンティを選ぶのか？——女と男の非対称性に深く立ち入って、下着を通したセクシュアリティの文明史をあざやかに描ききり、大反響を呼んだ名著。新装版。

著訳者名の後の数字はISBNコードです。頭に「978-4-309」を付け、お近くの書店にてご注文下さい。